陪你一起看草原

刘素平 著

中国财富出版社

图书在版编目（CIP）数据

陪你一起看草原/刘素平著．—北京：中国财富出版社，2014.9
（传奇中国图书系列．美文卷）
ISBN 978-7-5047-5292-5

Ⅰ.①陪… Ⅱ.①刘… Ⅲ.①游记—作品集—中国—当代 Ⅳ.①I267.4

中国版本图书馆 CIP 数据核字（2014）第 154133 号

策划编辑 宋 宇　　**责任印制** 方朋远
责任编辑 康书民 宋 宇　　**责任校对** 饶莉莉

出版发行 中国财富出版社
社　　址 北京市丰台区南四环西路 188 号 5 区 20 楼　　**邮政编码** 100070
电　　话 010-52227568（发行部）　010-52227588 转 307（总编室）
010-68589540（读者服务部）　010-52227588 转 305（质检部）
网　　址 http://www.cfpress.com.cn
经　　销 新华书店
印　　刷 北京兴星伟业印刷有限公司
书　　号 ISBN 978-7-5047-5292-5/I·0158
开　　本 710mm×1000mm　1/16　　**版　　次** 2014 年 9 月第 1 版
印　　张 13.5　　**印　　次** 2014 年 9 月第 1 次印刷
字　　数 194 千字　　**定　　价** 26.80 元

目录

第一辑　心　路

第二辑　乡　韵

第三辑　异　域

第四辑　雪　情

第五辑　足　迹

第一辑
心路

椴木丛的黄瓜

早些年，三姨家住在辽西一个叫椴木丛的小山村。包括椴木在内的漫山遍野的各种树木，围绕着村屯，绿化着村屯，更净化着村屯。走在其间，连空气都仿佛是香甜的。

童年时跟随着母亲，多次去那个小山村，留下了许多美好的回忆。记忆最深的是椴木丛的黄瓜。

黄瓜分早黄瓜和晚黄瓜，也有称水黄瓜和旱黄瓜。

那时的黄瓜真是纯绿色食品，完全地靠阳光雨露的滋润自然生长，最多是施些农家肥。因之无拘无束，所以就成长得个性分明。有的直，有的弯；有的大肚，有的小头。长得好的黄瓜不必说了，怎么吃都无妨，遇到有大肚小头的，扔了可惜，因大肚处水分好，吃起来口感好，解渴，就选择大肚的地方吃些。为了这大肚黄瓜，还有一段童年时“要尖儿”的故事。

一次，母亲带着我去三姨家做客。三姨家有一位大我两岁很得宠的小表哥。我的到来，对小表哥在家中的地位造成了小小的威胁。我小时候吃饭很娇情，正餐吃不好时，三姨就从园子里摘些黄瓜来给我当零食。那一年，三姨家菜园子里的几畦黄瓜被我盯上，几乎吃得要罢园，直的吃没了，吃弯的。轮到表哥想吃时，直的没得吃，弯的也让三姨掰两半，尖儿大肚的部分给我，尾部瘦小的部分给表哥。这一来，表哥真是气坏了，直冲我瞪眼睛。“臭丫头，你一来就要尖儿。”

“就要尖儿，就要尖儿，怎么的吧！”我吃着黄瓜也没忘记和表哥打嘴仗。

一天，母亲和三姨在忙活计，放学回来的表哥破天荒地喊我："平妹，带你去吃好东西，要不要?"

"要，要，表哥，什么好吃的啊?"我这个小馋嘴儿的情绪立即被调动起来了。

"要就跟我来吧!"表哥手里握着一把镰刀，很牛气地一挥手，边说边带头先行。

我乐颠颠紧跟上，沿着侧墙边钻到院后墙根。顺后院墙边种着一遛"甜秆"，"甜秆"高高的、直直的，状似高粱秆，但比高粱秆还要高要细。对于北方孩子来说，"甜秆"相当于南方的甘蔗。表哥左手扶着"甜秆"，右手挥动镰刀，从根部将"甜秆"割倒，再用镰刀从尖儿部呛着把叶子削去，最后将"甜秆"从中间一分为二。

被分成两段儿的甜秆，一段尖而细，一段圆而粗。表哥将镰刀放地上，腾出两只手分别抓住一段。当剑一样地挥动把玩着，口中还发出"嘿嘿——嗨嗨——"的喊声。见表哥玩得欢，半天没有停下来的意思，我着急地喊："表哥，快别耍了，我要吃甜秆。"

我将目光定定地瞄在表哥的一只手上，那只手中握着的是圆而粗的根部，汁水肯定又甜又多。我只想想都禁不住咽口水。表哥看到我的馋样，故意吊我的胃口。只见他停止了挥动，将两只手变戏法似的来回翻转，然后不慌不忙地，将带穗的尖而细的一段递到我面前。

"不要这个，我要那一半。"我不接，试图和以往一样选好的。

表哥坏笑一下："哼，你不总是要尖儿吗?吃黄瓜要尖儿，吃甜秆也给你尖儿。"

"呜呜——妈妈，三姨，表哥欺负我……"我大哭着告状。

哭喊声引来了三姨和母亲，她们问明了缘由，忍不住哈哈大笑起来。

"吃黄瓜要尖儿，吃甜秆也给你尖儿"的故事，经三姨和母亲的口一直流传着，成了我童年最深也最甜的记忆。

菜园的精灵

夏天的农家菜园子里，一畦畦的各式蔬菜或藤蔓缠绕或枝繁叶茂地生长着。有会侍弄的人家甚至连墙头都不闲着，种上的大萝卜既是菜也是花。

菜园子是巧妇们舞弄五米之炊的原料基地。造厨前，挎着菜篮子随意地去菜园子这儿找找，那儿翻翻，黄瓜、茄子、西红柿、豆角等纯绿色蔬菜就摘满了一篮子。回到灶间，或洗或切或炒或炖地一阵忙活，一餐可口的菜就上桌了。

菜园里，蔬菜间少不了一些小精灵们，那是绿色环保的见证。儿时，每当帮母亲完成了采摘的活儿，我总是习惯于继续在菜畦间留恋。支起耳朵，瞪大眼睛，寻声辨识着小精灵们的方位。小精灵们也狡猾，忽左忽右地鸣叫着，往往是循声而去，等我近身，它又在身后响起。虽然我瞪大了眼睛，却根本没有看到它们的飞翔。初时我很是不解，慢慢地我悟出了一些门道：小精灵们极有可能不是单兵，而是团队作战的。

黄昏时，红彤彤的夕阳挂在西边，不再那么灼热和刺眼，此时，除了美妙的音乐，还可见田间的舞蹈。正当我辨声识物之际，一瞥间，于无声处却有新发现。

透过架杆和藤叶的缝隙迎着夕阳看去，一只原本躲在叶子下的蜘蛛慢慢地爬了出来，借助着藤蔓的弹性和架杆的支撑，修补着刚才因为采摘而被破坏的蜘蛛网。只见它时而伸出几只脚抓着可以支撑的地方爬行，时而自由落体似的把自己完全地抛下，直至到达可以让它固定的支点。它也不是单纯地爬或抛，同时在它的尾部还吐出白色的丝线。就这样，它边爬，边抛，边吐丝，纵横交错，来来回回间，一张网织成了。

这张网，是蜘蛛的秘密武器。初结成的网黏稠且隐蔽，如果不是迎着阳光，人眼极难发现，稍不注意，就会被粘得满头满脸。

太阳慢慢隐到山后，天边只留下微光，此时蚊虫开始活跃起来。蜘蛛蹲伏在网的旁边，等蚊虫中了埋伏，在网上挣扎时，它迅速出击，收获了一顿美餐。蜘蛛的每一次大获全胜都让我欢欣鼓舞，拍手称快，全然忘记了自己身体裸露处也成了蚊子的美餐，全然忘记了自己的肚子还没有享受美食。

直到母亲来喊“老闺女，吃饭喽”。如果此时蜘蛛与蚊虫激战正酣，我口中虽然答应着“来了，来了”，但人却不动，眼也不转。母亲只好亲自来寻，看到这一切，母亲往往会自言自语地说：“这孩子，真是和小精灵们有缘啊!”

绽放的油花

油，食用大豆油，润滑生命的液体，烹制菜肴的作料。一滴，只有一滴，在一双手的掌控下，不情愿地流到倾斜着的瓶口，慢慢吞吞地与瓶子中的大部队分离，准确地滴落在已经烧热的大铁锅的中心。这双掌控油的手，是母亲那有些干裂但灵巧的手。而对于一滴油来说，铁锅着实大了一些，落进锅内，恰似一个人站在航空母舰的甲板上。而大铁锅是安在外屋的灶头的，灶口的火在风箱的鼓吹下，舔着火舌，很快将一滴油升温。掌握着火候，倒油的那双手，又将盐、酱、醋和洗得干干净净的青菜等一一放入大铁锅中翻炒、加水，于是，一滴油就与一锅菜融合在一起了。于是，一锅原汁原味的菜热乎乎地上了餐桌，似乎，汤中还漂浮着零星的油花。

那是在 20 世纪 60 年代中后期，大字不识一个、整天围着锅台转的母亲，和当时的大环境挨不上边儿，却因经历过困苦与饥饿，省细着过日子成了习惯。

每年，从合作社打回来一瓶油，这油瓶子可是母亲的宝贝。这只两斤装的玻璃瓶子，母亲喜欢称它为“油棒子”。“一棒油”要让一年的饭菜绽放着油花，一年三百六十五天，一日三餐，这道高深的算数题，目不识丁的母亲竟然算得相当精准。

那时候，每当母亲在灶上忙碌，我总是看着母亲的动作发呆，总想着母亲倒油的动作何以那么仔细而娴熟。直至学习欧阳修的《卖油翁》，“自钱孔入，而钱不湿”，“无他，唯手熟耳”，顿悟。

俗话说，“巧妇难为无米之炊”，我想巧妇也难为无油之菜的吧！母亲是巧妇，豆油不够，母亲就在过年杀猪或买猪肉时算计着多买肥肉和猪板油，炼成荤油，装进油坛子封存。每当菜出锅时，用汤匙舀出一点凝结的荤油，直接添进菜中，这样，油花就绽放开来了。

20 世纪 80 年代末，我大学毕业后，母亲的“油棒子”经常不待倒完就被蓄得满满的。我又守在忙碌的母亲身边，这次不是直直地发呆，而是认认真真地和母亲学做菜。母亲倒油时不再数数，虽然仍然仔细，也越发娴熟，但动作却不那么利索了。我鼻子一酸，接过了母亲的“油棒子”，油花在我们母女面前绽放。

如今，我独自做菜、放油，一次放进去的油，是过去母亲几天精打细算的总和，这道题用高等数学求，无解。油热了，冒着烟，带起火，相信母亲在天国一定看到了绽放的油花……

挂鱼的乐趣

吃过大鱼、小鱼，去鱼池钓过鱼，小时候还在海边捉过鱼，应朋友之邀请又去玩了挂鱼，蛮不错的哟!

驱车穿过美丽的村庄、一望无际的青纱帐、菜田，来到了葫芦岛市高桥镇与锦州市的界河——东河。东河因在村子的东边穿过入海而得名。东河三四十米宽，因为当年挖河取沙，有的地方深度可达六七米。葫芦岛市是著名的海滨城市，海岸线很长。东河流进渤海湾，靠近入海口一段，每当潮起潮落都会对这里的河水产生影响。没被污染的淡水与海水的“两和水”，为鱼蟹的生长创造了很好的生存环境，因此河中鱼蟹甚多，味道相当鲜美。

当地的老乡们充分地利用这一得天独厚的资源，用撒网和挂网的方式打捞鱼蟹，听他们说，他们都是在早晨干活前把网挂在河中，等收工以后收网，一条条鲜活的鱼儿就成了他们的美食了。

我们到东河时，正好看到有一家三代人在撒网捞鱼。孙子的鱼兜里已经有了三四斤的大小不等、品种不同的鲜鱼、螃蟹，螃蟹还在不停地爬动。在我们的请求下，负责撒网的儿子又抛了几网，抛撒网的动作虽然没有渔民专业，但已经很像模像样了，可见一定不是第一次撒网捞鱼了。儿子撒网三次换了三个地方。我们用不解的眼光望向站在一边的爷爷，征求答案。老人说：“下一网，鱼就惊了，在原地重复撒网，网就会走空。”

“哦——”原来如此。

这祖孙捞鱼，是三人一网，而且是站在岸边上撒网，有很大的局限性，尽管不停地换地方撒网，捞上来的鱼相对还是少得可怜。

为我们捞鱼的几个朋友采用的是比撒网捞鱼规模更大的挂网捞鱼法。

一个朋友首先划着木筏带着鱼绳的一头过到河对岸，两边平行并找到合适的位置后，岸这边的一个朋友把网拴在鱼绳上，对岸的人拉动那头的鱼绳，逐渐地拉动渔网横挂到河水里，然后两头固定，专等鱼儿挂网。为了使鱼能挂网，朋友们想出了扔石头惊鱼的办法。方法就是向河水中扔石子，使鱼受惊而游动，这样挂网的机会就大了。不管这个方法管不管用，“扔石子打水漂”这原本就是孩童时代难忘的一个游戏，那还矜持什么哟，开扔吧！

反复挂了四网，每挂一网大约十分钟。虽然当时风大还是涨潮期，有两网被冲开了，但捞起来一看，还不错！网网不空，有鱼儿和螃蟹挂网了，有三四斤呢！挂网的朋友说，要是再等个把小时收获会更大。

挂上来的有鲤鱼、鲫鱼，其他大多是东河特产的一种小鱼，还有当地人叫作“红夹”的小螃蟹。这种小螃蟹生命力比鱼要强得多，还有一点点狡猾。用改装后的矿泉水瓶装了点水把螃蟹带回到单位，本想给同事的孩子玩的，可到单位一看，它们在瓶子里不怎么动了，就把水倒出将它们放在了沙发上。忙了一阵之后，想到去看看那些小东西，它们居然都跑掉了，找了半天才在沙发后面找到了。哈哈，它们还给我来一个装死哟！

朋友说，等我们下次去之前先挂上网，这样人到东河，鱼就已经挂网了。其实，乐趣不在吃，而在玩儿，这可能就是有些人特别喜欢钓鱼、挂鱼、摸鱼的原因吧！

火红火红的秋高粱

秋天是成熟的季节。经历了春的稚嫩，夏的冲动，人们渴望着秋的成熟。

秋天里金黄色是主旋律，在阳光的照耀下，天与地已经融为一体，到处都是金黄一色。看，稻田里，一片黄澄澄的稻谷随着秋风翻起金波，这哪里是稻田，简直就是黄金的大海；树林里，树叶枯黄了，纷纷扬扬地落在地上，像铺上了一层黄地毯。

秋天的田野在一场紧张的收割之后，转眼间一切都褪了颜色，一望无垠的土地苍黄地裸露着。虽然如此，但在大地苍黄的裸露前，人们分明还看到了一丝丝羞涩的红晕。这片红晕并没有因为被扼杀而退色，聚集在一起反而更加火红火红的。等闲暇时，这火红火红的一堆一垛经过摔打变成了一袋袋成熟的红高粱，而后又成为高粱米及至高粱米饭端上桌，吃下肚，才消退了红晕。

张艺谋导演的电影《红高粱》红遍全球，红高粱跟着借光也成了明星，其红红火火的特征也为世人所知。人们从电影中认识的只是高粱地和高粱酿的酒，而我却对高粱米饭情有独钟。

物以稀为贵，过去作为粗粮的高粱米，飞上枝头变凤凰，在市面上其价格比大米还贵。也许是如今农民的生活水平提高了，吃白白的大米饭已经不是奢侈的事，也许是高粱不丰产，种得少了的缘故吧！

知道我爱吃高粱米饭，乡下的堂兄让人给我捎来一小袋。

生活在闹市，好久好久没有见到秋天田野中火红火红的高粱地。而煮高粱米饭则完全得凭想象了，因为母亲的溺爱，小时候高粱米饭虽是我的最爱，但我却从来没有煮过。母亲过去是如何做饭的呢？闭上眼睛，仿佛已经闻到了饭香，也看到了母亲忙碌的身影……

每到做饭时间，母亲抱来柴火，蹲下先添一把放进灶坑。直起身估算着吃饭的人数舀来几碗米放进盆中，反复几次淘去米糠，再将灶台上的大铁锅刷净放入与米相适应的水。接着又蹲下用火柴将灶坑中的柴火点燃，待锅中的水汩汩地响起来了，再弯腰用葫芦做成的瓢舀起锅中的水放入有米的盆中，将米一点一点地撒进锅里，最后把留在盆中的小沙粒等杂质倒掉，用饭勺在锅中搅动几下，在慢慢开始升腾的水雾中估量一下水与米的比例，盖上锅盖才慢慢直起腰。边用手拍打着腰背，边又蹲下去灶间添柴，一直到锅缝中冒出了热气才停止烧火，又随手摘下挂在墙上的扫帚，将碎柴扫进灶中，将灶前打扫干净。

曾经问过母亲为什么做得那么细致，直接将米下锅不是能省点力气吗？母亲笑着指着我的嘴："怕把你的小牙崩掉了。"

母亲的腰就是这样长年累月地累弯的。

母亲可以将高粱米饭做成干饭、水饭和乱饭。早晨，母亲端上一碗刚刚煮熟的还冒着热气的干饭，拌上荤油和酱油，我就会吃得小肚溜圆。中午放学后，炕头用缸盆装着的乱饭上面已经凝出一层米皮，下面的饭黏嘟嘟，温软可口。晚上，母亲将水饭再用热水冲泡一下，在园子里掰点葱叶，蘸上大酱，那滋味就一个字："爽"。

利用休息日，依葫芦画瓢，想象着母亲的样子，放弃电饭锅而用蒸锅煮起高粱米饭。第一次，米、水、火候都没有掌握好，中间加了几次水，紧盯着锅半个小时没敢离开半步，还是煮成了一锅乱饭，不过，总算是煮熟了，一锅饭吃了两天。

教师节这一天，既是星期六，又是中秋节假日。每逢佳节倍思亲，别人都吃月饼，我却煮起了高粱米饭。这一次有了经验，边打扫卫生，边煮饭，顺利地就煮熟了。先用漏勺将饭捞出，然后盛了一碗米汤。第一口可能是喝得急了，热汤直接入口入喉，烫得我流出了眼泪。再喝时，这哪里是喝米汤，简直是小时候喝的母亲的乳汁啊！

秋天，象征着成熟，意味着丰收。这丰收的果实有赤橙黄绿青蓝紫，而人到中年的我独爱那火红火红的红高粱！

儿时的那片海滩

儿时居住的村子靠近渤海湾，出村往东三四里，海与天相接处就是一片海滩。记忆中，人们在那片海滩上晒盐，晒出的大粒盐，用马车整车整车地拉出去卖，用这种大粒海盐腌制的咸菜，既好吃又经济。

小的时候，看电影《白毛女》，对白毛女在山洞里因为吃不到盐而成为白毛女的情景不理解，心想：盐这么便宜，在海边随意抓一把土都是咸的，怎么能没有盐呢?

家乡的那片海滩是泥滩，它虽然没有沙滩的清澈，但却比沙滩多了一些土壤，也是因了这一些土壤才使得它不那么空洞。它虽然没有沙滩的亮丽，却能在潮起潮落之时给人们带来一丝生机。

在那片泥滩上我收获了许多至今不能忘怀的儿时欢乐。

海边的沙滩是人们酒足饭饱后的嬉戏之所，海边的泥滩还能给人们的饭菜增添许多特色。在落潮后的泥滩上有可拾捡的蛤子，钻入泥中的小鱼，躲藏在海草里的螃蟹……

每到暑假，在落大潮的日子，都会约上几个小伙伴，穿着背心短裤，光着脚丫去海滩上捉鱼摸螃蟹。海边的阳光很毒辣，每每身上都被晒得掉下一层皮，脚心被扎得生疼。曾经试过穿长衣和鞋子，但是，迈不开腿，拔不出脚，行动很不方便，只好作罢。为了玩和吃，发挥一不怕晒二不怕扎的精神吧!

摸螃蟹要找有海草和浅浅海水的地方，只要找到，它跑是跑不掉的，捉起来很容易，只要注意不要被它夹到就成。鱼儿比螃蟹多，却不好捉。大多是像泥鳅一样的，被我们称为“楞巴”的小鱼。它躲在泥里，我们先看准一个泥洞，然后用一只手指堵住泥洞口，往里压水，看到有哪个泥洞口有水冒出，就用另一只手去堵塞住，然后两只手逐渐收拢，就把楞巴鱼堵到里面了。往出抓的时候要切记用挨近鱼头部的手指夹着腮下，要不然它就会如泥鳅般从手中逃脱。吃自己捉的海鲜，那滋味就别提有多美了。

泥滩的海边还生长着一些植物，最繁茂的要数我们叫作“盐碱菜”的植物。去辽宁盘锦看到红海滩，才得知“盐碱菜”的学名应该叫“碱蓬草”，叶子如针状，有根，不要人撒种，无须人耕耘，一片一片、一团一团，在盐碱卤渍里，在海边受海风吹海水泡，年复一年地生生死死，死死生生。每年 4 月长出地面，初为嫩红，也有嫩绿的，渐次转深，10 月由红变紫。

20 世纪 60 年代初生活困难时期，将盐碱菜拌玉米面做成的菜团子救了许多人的命。今天，人们吃腻了大鱼大肉，原生态的纯绿色食品成了最爱，这盐碱菜团子应当是很不错的美食了！

盐碱菜还是很好的猪、鸡、鸭的饲料。童年时，每当放学或是假期，常常跟在大人身后，挎着筐，拿着剪刀去海边剪猪草。盐碱菜有极强的生命力和可再生性，似菜似草的，越剪越嫩，剪后长出的嫩叶如小荷才露尖尖角般更加让人怜爱。这样剪也不会破坏它的生长，有利于多次利用。把盐碱菜切碎拌在米糠中喂家禽，特别是喂猪，猪爱吃，长膘，猪肉也特别香。

童年家乡的海滩是质朴的，潮起潮落，留下了几许赤足的欢乐。现如今，滨海大道已开通，不用赤足就可深入海的腹地一睹海滩亮丽的芳容。家乡的那片海滩也已融入了沿海经济开发的战略中，不管将来如何变化，我始终不会忘怀家乡的那片海滩，因为，它早已印刻在我的心中。

真想家乡的那片海滩啊！

梦游故乡忆老爹

一

晚上又做梦了。

梦醒时，不用翻日历，我就明白，又到去坟前祭奠父母的时候了。

我喊父母亲不是爸妈，也不是爹娘，而是爹和妈。爹妈如果健在，都应该是九十多岁的高龄，因此，他们对于我来说，绝对是老爹、老妈了。

老爹生卒于1921—2001年。老爹比老妈大两岁又早走了三年。在那三年里，每到清明、麻姑、生辰忌日，老妈总会念叨着："应该去上坟了吧!"老妈也去世后，那亲切的提醒萦进了我的梦中。

与以往不同，这次走进梦中的不是老妈，而是老爹。

二

爹穿的是我给他买的那一身他最中意的衣裤——白汗衫配蓝裤子。

买那一套衣服是为了回老家。

1999年的夏天，大爷（爹的大哥）家曾孙出生办满月，同时也是大爷去世五期忌日。大爷以89岁高龄而寿终正寝，唯一的遗憾是没见到差几天就要出生的第五辈曾孙子。可能是为了弥补大哥没有见到五辈人的遗憾，爹执拗地张罗着要回老家。妈不同意。妈说你磕磕绊绊，怎么哪儿都想去呢？孩子们还得照顾你。爹就偷偷地央求我带他去。望着爹渴望的目光，我无法拒绝，就买了这套衣裤。先将爹接去我家，又带爹镶了两颗牙。年近古稀的爹，高兴得跟小孩子似的，步伐也轻快许多。那一次，是爹生前最后一次回他日思夜想的老家。

三

爹没有妈的絮叨，一言不发，只是用温暖的眼神注视着我。甚至，我感觉爹和我一起去旅游了，去的是大都市——香港。

爹最喜欢旅游了。东北乡下管旅游叫“出门儿”。伪满洲国时，爹被抓去齐齐哈尔当劳工，九死一生，总算是留住了一条命。那是爹最远的一次出门儿,是爹人生中一次刻骨铭心的经历。因为那次长达两年的出门儿，爹落下好多怪毛病，最典型是“迷糊”。一坐下来眼就睁不开，迷迷糊糊地以为睡着了，谁说话都能听到。如果让他躺下舒服地睡，他反而又睡不着了。因此，打懂事起乡邻们大人孩子背地里都喊爹这个外号——迷糊，前面再加上我家的姓。大人们称呼的时候，我听到了心里不舒服也没法反驳。有小伙伴当着我面这么喊，我几乎和他们翻脸。爹却并不生气，反而说：“我头脑迷糊，可心里透亮着哪!”

爹还有一个外号——大把。这个外号盖过了他的大名，响亮得几乎让他的大名鲜为人知了。“大把”是爹没考过证的技术职称，是乡亲们给爹评出来的。因为爹有这个做豆腐的职称，当年作为技术人才从老家挖出来，我们全家便落户到了城郊富裕的生产队。爹没正式收过徒弟，但经爹点拨的人，改革开放后家庭的第一桶金都出自做豆腐。我的学士学位证书，也是爹用“大把”的手艺供出来的。人们喊爹“大把”时，每回爹都将腰杆挺得直直的。我也自豪，俺爹也是有“证”的人。

四

车水马龙的，我生怕爹会走丢了。想抓住爹的手，就如小时候爹牵着我的手。

爹44岁，妈42岁时才有的我，算得上是老来得女。虽然已经有了二儿一女，但爹妈对老闺女还是更加疼爱。每当爹牵着我的手上街，不熟悉的人都会问：这是孙女还是闺女啊？也难怪，我比大哥的儿子只大了六岁。

小时候我经历过两次大的灾病。一次是出水痘。发了两天烧，全身烧得滚烫，水痘一直出不来。爹和妈急得团团转。过去东北农村的老爷们一般是不抱孩子的，可爹和妈担心地整夜轮流抱着我，生怕一眼没看到我会昏厥。惹得有些老年痴呆的奶奶说："看把你们贱的，孩子好好地睡着了，老抱着她干吗！"想了各种土办法，我的水痘发出来了，烧退了，爹妈悬着的心才放下来。另一次是我被邻居家的狗咬了，咬得手臂鲜血淋漓。爹让大哥赶着驴车，抱着我赶了几里地，来到县医院进行缝合包扎。看到医生拿着的手术针，我吓得哭闹不止，挣扎着抓着爹的手不放。医生掰开我的手，命令爹离开手术室，又给我打了麻药，我才停止了狂躁。不记得爹当时说什么了，只记得医生的手术针弯弯的，钩子似的。那一次我缝了七针。

手臂上疤痕依旧，爹却不在了。

五

爹不识字，连自己的名字都不会写，但他喜欢看东北二人转，也喜欢听书。爹一生中最大的奢侈就是去小剧场看二人转、听大鼓书。为此，没少受妈妈责怪，也被奶奶训斥成“败家子”。爹也喜欢在收音机里听评书，爹听的时候，我也跟着听入迷了。一心不能二用，听书入迷了，学习成绩就下降了。姐替爹妈开完家长会回来，围着锅台转的妈，破天荒地当一回家，命令将收音机关了。不听，不听那就摔坏它。怕妈真的会摔坏收音机，我抱着收音机趁黑灯瞎火离家出走，害得全家人到处找。结果，胆小的我只是转了一个圈，从后墙翻上房顶藏身呢。可以说，对于历史事件和人物的掌握，我不是看来的，而是听到的。在那时，历史与文学就在我心中扎下了根。可以说，大字不识一个的爹，应该是我历史与文学的启蒙老师。

为此，我工作挣钱了，给爹买的第一份礼物就是收音机。

六

我想抓住爹的手，可是爹不让，甩甩手跟在我后面。嘴里好似说着什么？可我听不清，人声嘈杂掩盖了爹的话。从口型上，我理解爹似乎在说：你忙你的，我又不是小孩子，难道还能丢了不成？可眨眼工夫，爹真的不见了。我找啊找啊！拿起手机拨号，多少号来着，我怎么给忘记了呢？

爹也因我而自豪。到了冬天，一帮老爷子，穿着大棉袄二棉裤，天天正午蹲在墙根晒太阳，神侃着他们听来的“天下大事”。爹听的多说的少，偶有机会，爹也会开口接茬，末了总会加上一句：是听我老闺女说的。在爹的心中，似乎他老闺女说的就是权威的官家话。

墙根下、秸秆垛旁的聚会，是爹晚年的幸福生活。可是，在 79 岁那年的冬天，爹晕倒了，行动不能自理，自然也无法去参加业余村民讨论会了。爹躺在炕上，虽然有同样下不来地儿的妈陪伴，但爹心里这个烦啊！找碴儿和妈吵架，妈说的都是陈芝麻烂谷子的老嗑儿。爹听够了，不想听，妈就停止了唠叨。妈不说了也不对，还是气得爹直打自己嘴巴子。

给爹办完了80 大寿，我们兄妹三人分工轮流照顾爹妈。周末两天是我值班。开春后，天暖和一些了，我就鼓励爹出去走走。听说我要带他出去，躺了一冬天的爹不知哪来的力气，真的能下炕了，慢慢地还走出了屋子，坐到大门石上。爹久久地仰望着蓝天，贪婪地呼吸着清新的空气。妈在屋里喊：这下你可“出飞儿”了！

之后，爹开始盼周末，盼我回家，盼着从大门口一直向缺席了大半年的聚集地奔。于是，我带上个坐垫，搀扶着爹一步一步向目的地前行。走不动了，遇到台阶、大门石就歇息一会儿，有好几次我都失去信心了，可爹不知道哪来的劲儿始终坚持着。终于能看到老哥儿们蹲在一起的身影了。待走近，有熟悉的人赶紧将舒服一些的石头宝座让给爹。爹环顾一圈儿，只是半年工夫，就好多生面孔了。看到爹，有人就感叹：老李头儿、老鄂头儿——陆续出不来屋，一个挨一个地走喽！爹听了直抹眼睛，我看到了泪，浑浊的泪。不知是被风吹的，还是联想起了什么。

七

我掏出手机，手机还不是智能的，只是移动电话。我用移动电话，在爹与老友相会时给叔婶家的座机拨了号。叔没在家，是婶接的。腿脚灵活的婶耳朵有点背。我大声和婶讲了几句后，将手机交给爹。爹接过电话就泣不成声，爹来来回回说:“你和她老叔不挺好的吗？我挺好，能上大街了……”爹泪流不止，我接过来只听婶说：“你爹这个哭啊，我耳朵背也没听清他说的啥，先这样，等你老叔回来再说吧!”

我不遗憾。因为爹走进了21世纪，因为爹用过了手机。

八

爹没有手机，又哪来的手机号呢？但我知道去哪儿找爹的。梦醒，我踏上了回老家的路……

拽着衣襟的姐

在机关担任要职的岩，在与同事通力完成了一项工作之后，深有感触地对一位男同事说："你就是我拽着衣襟的姐啊!""我?"同事点着自己的鼻子，又指向岩，"是你的姐？这会儿你没发烧吧?"看到同事满脸的疑惑，岩微笑着慢悠悠地打开了话匣子……

小时候发生的许多事，差不多都已经记忆模糊了，但是，20 世纪 70 年代末的那个夏天，拽着姐的衣襟磨来的一根冰棍却一直清凉到如今。

过去的农村，家中兄弟姐妹好几个是司空见惯的事，有些人家的侄儿侄女都比小叔小姑大，婆婆和儿媳妇同时坐月子的事也不稀奇。岩是家中的老小，他还在满山遍野地疯跑抹鼻涕时，大姐已经出嫁了。姐的婆家是同村的，时不时地也能见到姐，因此，在岩的心中从来没有姐已经是别人家的人的概念，姐还是从小把他带大的姐。

三伏天时，日出而作日落而息的农人们的生活习惯也有了些许的变化，燥热的太阳成了人们敬而远之的神。天边蒙蒙地现出一丝光亮，刚刚获得了生产自主权的农民，各自安排着开始下地干活，等到太阳照到山冈上的时候，收工的人们开始回家做早饭，说是早饭，屋里屋外的一忙活，等吃完饭，日上三竿了。因此东北的农家一般都是一天两餐。吃罢饭，屋里开始闷热起来。东北的农家人大多没有午睡的习惯，就是想睡此时也是热得无法入睡的。虽说在灶间南北大开着两扇门要凉快一些，但是总觉得一个或两个自家人待着少了点什么。于是人们不约而同地聚集在相对较宽敞人家的大门洞里或是大街上的树荫下。放暑假时，乘凉的人中更是多了些调皮捣蛋的孩子们。

连续三天没下雨了，地里的庄稼都打了绺，天空晴朗得没有一丝云彩。在太阳的烘烤下，就连树下吹来的丝丝风都是热的。没有了蛙鸣，只有躲在树上的蝉儿在鼓噪。看门望户的狗儿半眯着眼，长伸着舌头，似睡非睡地趴伏在它的岗位上。

大人们有一搭没一搭地谈天说地，岩和几个小伙伴光着膀子蹲在树荫下弹玻璃球。玻璃球被几人轮换着从一个土坑弹进另一个土坑。虽然运动量不大，汗珠还是顺脸往下流，用脏兮兮的小手一抹，汗珠是不流了，泥道道却条条清晰地留在脸上了。这时，一个粗门大嗓的声音由村口传来："冰棍，白糖冰棍……"

所有人的目光齐刷刷地向声音传来之处望去。只见一位四十来岁的大嫂，骑着一辆永久牌的加重自行车，车后架上驮着一个用泡沫制成的冰棍箱。一路叫卖过来，看到扎堆的人们，大嫂很是灵巧地右腿从前大梁上跨下，将自行车支在了树荫里。

"冰棍，三分钱一根的白糖冰棍……"声音刺激着人们的神经。

无论大人和孩子都下意识地用舌头舔着干巴巴的嘴唇，舌头上下翻动之后，一口唾液经由喉咙咽进了肚里。有的人开始把手伸进裤兜儿，摸出了几枚硬币，看了看，掂了掂，想了想，又把硬币揣了回去；有的人伸进裤兜儿的手半天没有拿出来，可能兜里比脸都干净；有的人手上根本没有任何动作，似自嘲又似向别人证明什么："吃冰棍不解渴，还越吃越渴，不如自家用糖精、醋、碱加白开水兑的汽水解渴呢！"

现在的90后们可能很难理解当时人们对于三分钱一根冰棍的犹豫。当时的农村孩子，吃根冰棍是品尝，是令人难忘和回味的。

"冰棍，三分钱一根的白糖冰棍……"大人们可以抵挡这种渴望和诱惑，小孩子们哪经受得了这个。弹玻璃球的游戏是进行不下去了，有的孩子看到家里的大人不在，撒丫子向家里跑去。此时的岩也是一筹莫展，正想着应该如何是好的当口，小脑袋猛地回转，一个熟悉的身影映入眼帘，大姐正向这边走来，岩如看到救星般地向大姐奔去。

跑到大姐面前："姐，姐，你干啥去?"

姐看了弟一眼："我回家，你好好玩，别搞得跟埋汰神似的。"姐边回话边绕过岩继续向前走，看到姐并没有停下的意思，情急之下岩拽住姐的衣襟，连声地喊着："姐，姐——"

"别磨人，你要干吗?"

"冰棍，三分钱一根的白糖冰棍……"卖冰棍的大嫂看到这边的情景，叫卖声越发地响亮。

岩也不说要买冰棍，只是拽着姐衣襟的手不松开，眼睛直直地盯着冰棍箱。姐明白了，犹豫了一会儿，返身牵着岩的手，掏出三分钱买了一根冰棍。

岩接过冰棍，小心翼翼地除下包装纸，将冰棍的一头放进口中，只用两片嘴唇含了一口并没有咬下来，尽管如此，一阵清凉也迅速地传遍身上各个毛孔。接下来，围绕着冰棍的上下左右用舌尖儿舔，用嘴吸吮着埋头吃起来。吃着，吃着，岩突然想起姐，抬起头，看到姐正目不转睛盯着他手中的冰棍，口中也随之吞咽着。"姐，给你吃一口。"岩将冰棍举到姐的面前。姐微微红了脸，也许是热的吧！抛下一句："我嫌你埋汰。"转身走了。

望着姐的背影，岩继续吸吮着冰棍，吸吮着，吸吮着……这么些年过来了，岩最爱吃的一直是纯冰的白糖冰棍，而且面对花样翻新的各种雪糕，无论怎么高级，岩吃起来都是一直吸吮着。

听罢岩的叙述，同事恍然大悟，是啊！我们彼此都应该是对方拽着衣襟的姐啊！

长姐如母

星期天早上，不知哪家新人结婚，一阵噼里啪啦鞭炮声把我从睡梦中吵醒。突然想到姐昨天来电话说想我了要来我家。一看时间快七点了，一骨碌翻身坐起来，走到阳台一看：外面下起了小雨。我想这点小雨是挡不住姐想我的行程的。

昨天就想好了菜谱，准备今天去赶早市买些姐姐、姐夫爱吃的来招待他们。姐夫爱吃羊下货、猪尾巴等“边角料”，至于姐我还真不知她具体爱吃什么呢！用外甥女的话来说：“家人不爱吃，家人吃剩下的都是她最爱吃的。”

姐出生于1951年，我家兄弟姐妹四个，姐排在老二，她上边既有最受父母重视的大哥，下边还有需要她照顾的弟弟妹妹。母亲是一个大门不出二门不迈围着锅台转的家庭主妇，因此，姐从小就是母亲的好帮手，帮助母亲买个油盐酱醋、喂猪打狗什么的。母亲怀我的时候，十四岁的姐为了帮助家里挣工分就去生产队干活了。母亲曾多次提到这事。母亲担心姐太小干活跟不上，就嘱托大嫂子们照顾一下。晚上收工回来，大嫂子们都说铲地的时候姐根本没落后。

一奶同胞的姐大我十五岁。在我心里，姐既是大姐更像是母亲。小时候姐是怎么带我的我不记得了。只记得母亲说过有一次姐上集，看到一个“花啦棒”（学名应该叫拨浪鼓）就花了两毛钱给我买回来玩，结果让母亲好一顿说。那个花啦棒可能是我玩过的唯一一个花钱买的玩具了。

姐只上到了小学三年级就辍学了。她把对学习的渴望都寄托在我身上。我上小学时每次开家长会去的都是姐。上中学时父母去城里开豆腐

坊，我住在姐家上学。在我的同学记忆中我的家其实都是姐家。上高中我住校，一年冬天，姐怕我冷，从别人家借了条狗皮褥子给我送去。我考上大学了，姐比谁都高兴。在给我准备行装的时候，母亲和姐想方设法地给我做了两床被褥。当时还发生了一件现在想来让我还很后悔的事。那天母亲和姐给我做被子，我也在收拾简单的东西。突然想起，录取通知书哪去了，记得是放在柜子上了，怎么不见了呢。我也没问姐，就直接和两个外甥女发脾气，认定了是她们拿出去弄丢了。边哭还边数落她们，吓得她俩直说没拿。听到我们这边的声音，母亲和姐停下手中的活。姐问："什么没了？"我说："录取通知书。"姐什么也没说，转身打开了上了锁的柜子，从里面的一个小盒子里拿出了我的录取通知书……

姐是个不善言辞的人。她从不像有些家庭妇女没事了聚在一起张家长李家短地"扯老婆舌"。也没见她和哪个邻居因为一点小事就指桑骂槐地吵架。她只说过我一句话，让我现在还记忆如新。上大学放假的时候，母亲总是习惯地说："待不住就去你姐家看电视找同学玩去吧！"一次，我又在姐家和外甥女看电视，知道我一放假肯定会在姐家的一个同学找来了。我们准备骑姐夫的自行车去城里找同学。姐边帮我们给车打气，边说："你啊，就是酱缸里的蛆——咸肉，记得注意安全啊！"

我们这儿农村过去有个习俗，女儿结婚的时候父母是不能当新亲的，兄弟姐妹、七大姑八大姨的却是座上宾，婆家是怠慢不得的。我结婚的时候，哥和姐也打算去，因为婆家在外地，不方便也就作罢，我是一个人坐火车去婆家结的婚。婚后和老公一起回来，姐把她家的下屋收拾好了，摆上了她家的家具给我当了新房。婚后在姐家住了半年，一来我还不太会做饭，二来要是有什么好吃的也互相惦记着。姐说："就当你还是在读书，也不差岩一个人，还是一起吃吧！"这样，除了中午在食堂用餐，早晚都是在姐家吃的。

姐最喜欢儿子了，生了两个女儿的她对我儿子——她这个大外甥格外亲。儿子出生之前，母亲来准备侍候月子，姐手把手教不会用煤气罐的母亲怎么使用。预产期前几天姐就住到我们家陪着。我住院期间她不眠不休地陪了三天。她自己的女儿生孩子时，她这个姥姥却在等待中睡着了。别人笑说她这个当姥姥的太粗心了，姐笑着说：“有她姨姥在呢，我放心了。”我们这儿有个习俗，母亲或者长辈在孩子出生第五天的时候用新做的小被子盖身上，叫作“捂”，这样孩子就被捂住了，好养活。我儿子出生五天的时候，一大早姐就来了，进屋不说一句话（这也是风俗，不能说话，说话就不灵了）就和母亲一起把带来的被子捂在了我儿子的身上。我儿子四个半月的时候，姐让姐夫用毛驴车把我们娘俩接到了她家……

姐是孝顺的女儿。在母亲瘫痪在床的几年里，我们兄弟姐妹轮班照顾母亲。到星期天轮到我值班时，常常是姐姐替贪玩的我尽孝了。父母相继去世以后，每次都是姐提醒我应该上坟了。母亲在时，姐每周都能见到我，母亲走了以后，我们见面的机会也少了许多。除了逢年过节或者有事情，姐也见不着我的面。

因为阴雨天，姐终于没能来。我打电话过去，姐说：“我也没事，就是想你们了，下雨了就不去了，以后天好了再去吧!”也许一通电话就了却了姐对我的惦念……

夜深了，我手中的笔似还意犹未尽。是姐，也是母。到现在我才明白，母亲去世以后我为什么没有感到孤独!

那人那年那个冬天

20世纪50年代初，我们家三代十七口人还是在一个大家里“搅马勺”，直到1956年四兄弟才分家另过。和大多数东北农家一样，遵循着男主外，女主内的古训，平日里一家人日出而作，日落而息，日复一日地生活着。到了年根，大人孩子，男男女女的为过年而忙碌起来了。

东北有句谚语“腊七腊八冻掉下巴”，可见天气之冷了。因为那个时候农村还没有冰箱，生活水平也不是很高，所以只有过了腊八，上冻了，一应年货好存放了，家家户户才根据各自的条件，开始杀猪、淘米、做冻豆腐。再加上秋末腌的咸菜、汲的酸菜等就能度过青黄不接的冬天了。

我家过年的习俗有和大多数人家一样的，也有自己家的独特之处。

二十三过小年，全家在一起吃小年饭，菜品比平时要好得多，但是我家就不吃冻豆腐。这个规矩是我奶奶定的，她老人家的意思是：冻豆腐不比大豆腐，经过冷冻以后的豆腐有了蜂窝和弹性，一是有了漏洞；二是拌不开。为了讨吉利，过小年不吃冻豆腐成了我家的“老令”了。

腊月二十三，又称“小年”，是民间祭灶的日子。民间有“男不拜月，女不祭灶”的习俗，因此祭灶王爷，只限于男子。但是在我们家是这样的，晚上十点钟的时候开始升灶王爷，在一个香烛碗上点三炷香，摆上先前用草和秸秆扎的马、狗、供果等物。用小锅白糖贴在灶门上，叫贴灶，意思是在灶王爷嘴上抹上糖，省得灶王爷上西天说不好的话。抹糖的时候口中还叨咕着：“好话多说，不好话给瞒承瞒承。”由当家的老太太也就是我奶奶主持操办这一切，儿媳妇们帮忙。操办者点香磕头，帮忙者行礼。

二十四扫房日，这一天媳妇们在奶奶的指挥下，把本已经很干净的屋里屋外打扫一遍，包括犄角旮旯的蜘蛛网、老鼠粪都一扫而光。

二十五上坟填土，这个肯定是老爷们的活了。儿孙们一起到祖坟前给祖先们烧纸、磕头、填土，这样先人们在另一个世界也能过个好年了。

二十六割割肉，年景好的时候自家杀了猪，肉也不用出去割了。如果家里没有足斤的猪可杀，只好去集市上割几斤肉留着过年了。

二十七写对子，父辈的哥四个中，老二和老四是上过私塾的，他们的《三字经》《百家姓》是按照先生用锥子扎的深度来背诵的，书写的基本用笔就是毛笔，因此，我家的对子都是由我的二大爷和老叔自己写的。

二十八贴满家，进了腊月，就不时地有人往家里送年纸，称作“长仙纸”或“贴满门”。送的人带来的是对这家人的祝福，收到的人家回赠点茶水钱以示感谢。到了腊月二十八这一天，把写好的对子、收到的年纸贴在家里的门、窗、柜、仓、圈等之上，于是整个屋里院外都充满年的味道了。

腊月二十八对于我们家还有一个特殊之处，如果吃肉算是过年的话，我们家的年是在腊月二十八过的。腊月二十八这一天，把一年中最好吃的鸡鸭鱼肉等摆满两大八仙桌，媳妇们破天荒地可以与老人、男人、孩子一起吃年饭。之所以在二十八过年，可能与我们祖上有出家人有关吧，从我奶奶至全家都信佛。

二十九满香斗，抑或是“满箱斗”，大意是在这一天全天烧香敬佛，祈求来年五谷丰登，箱满斗满。我们家还有一个老令，从腊月二十九开始，淘米、刷锅洗碗等生活用水都暂时存放起来不往外泼，直到正月初二才泼出去，这大概是希望财物不外流的意思。

三十吃素接神，过年了，虽然在三十这一天不吃肉，但是东北的特色菜——白菜炖豆腐、酸菜炖粉条是必不可少的，而且素菜必须是炖的。炒干锅的菜，比如炒黄豆、炒花生米，这些在腊月三十这一天是忌吃的。大概不希望来年日子过得干干巴巴的。

和别人家一样，三十晚上接神也是我们家的重要仪式。天傍黑的时候，家里的青壮年男子打着灯笼，拿着香和香纸到附近的庙里“烧素纸”。纸是年前莲花山圣水寺与虹螺山玉皇顶的和尚道士们陆续送来的，也称作“黄天纸”，由识文断字的男人在纸上写下平安吉祥的祝福语，再由手巧的女人们叠成方形而成“素纸”。男人们烧完素纸回来，女人们包的素馅水煮饺子也准备下锅了，单等十二点钟声响起，男人们对着天地神灵和祖先的牌位焚香磕头；孩子们点燃小鞭、二踢脚等各式鞭炮；女人们将热气腾腾的饺子端上来，于是一个快乐而又讲究多多的除夕夜就慢慢地接近尾声了。

习惯于早睡早起的人们，在除夕闹腾了大半夜之后，初一早晨照例天蒙蒙亮就要起来了。互相拜年是初一一大早的必修课。拜年时对上了年纪的老人要先问安后磕头；对虽然年龄小但辈分大的也要磕头；年纪相当的好友邻居及同辈人之间要拱手作揖。有人还特意开玩笑似的早早去堵别人家的饭碗，看看人家吃什么好吃的，在见面发财的问候中多少带着攀比的心理。要是有人不幸被堵在被窝里，那一定会闹个大红脸，以后开玩笑时懒人的名号是少不了的了。

除了拜年之外，正月初一放炮迎财神也很正规甚至于很隆重。先要查查黄历财神要几时几刻到达，然后由家里的壮劳力套上驴车赶出去迎接。当然所谓的迎接只是象征性的，在鞭炮声中将驴车赶到村后的大岭上或是屯附近的庙里，用当时最好的白草淀香烧三炷香，回来时捡些柴火、粪肥、砖瓦石块，放到自家的灶前、田间、院墙上，这一来二去的财神就到家了，而且在春节过后的第一天，家里的壮劳力通过这一仪式也展示了勤劳持家的本性。

正月初一我家还用供新笊篱祈求五谷丰登，来年有一个好收成。首先在笊篱头上糊纸，画上头脸，在笊篱把上用秸秆扎个人形，穿上纸衣服，然后在炕中间放上桌子，桌子上燃香。找两个从不说谎话的女孩子，一人拉着笊篱纸人的一边袖子，使之靠着桌子立起来。一切准备就绪，有大人问：“今年高粱几分收成?”女孩子回答：“九成。”五谷依次都一一说全了。因为童言无忌，又是不会说谎的女孩子来回答，所以人们就会在心里有了美好的祈盼。

正月二十五老天仓，在这一天女人们忌针忌线，可能是怕针线会穿破仓房，使财物外流；用粪箕子装上从灶炕中扒的灰，在场院中画大圈，再一路画着螺旋小圈直到家里的仓房，意思是祈求场院里的五谷源源不断地注入仓房中。在场院用灶灰画的大圈中间点燃鞭炮，在仓房中点香祭拜老天仓，祈求老天开仓放粮，降福于民。

二月二龙抬头，龙是中华民族的图腾，在这一天大人孩子都理理发，期待着家族兴旺，生活龙腾虎跃，幸福安康！家家都吃猪头肉，可能经过一个正月的大事小情，到了二月二时也就只剩下猪头可吃了吧!

二月二过后，年才算真正过完了，经过一个冬天的祈福、修整，人们满怀希望与信心地走入新的春天。

千百年来，勤劳质朴的农家用独特的方式生生不息地书写着历史……

相约长岭山

长岭山——我的老家，我的父母生时日思夜想，死后长眠的地方。在2008年的麻姑节，长岭山见证了一次刘姓子孙的聚会。

在我儿时的记忆里，长岭山是父母兄姐口中的老家，我的出生地。1969年开春，我不到两周岁时，因为父亲被外乡聘为豆腐师傅，刘姓四兄弟中我们这一股搬出了老家。搬家时，刚刚牙牙学语的我，面对着送出门的叔伯大嫂子，清清楚楚地冒出一句："大嫂子，我可走了。"

因为我们搬出了老家，当时还在世的奶奶，为此很是生我父亲的气。奶奶晚年是轮流在四个儿子家住的，轮到我们家时，奶奶常常会找各种理由提前回老家的那几股去。有一年，奶奶耍起了脾气，实在拧不过她老人家，新婚不久的姐姐和姐夫只好用手推车，推了三十多里地把奶奶送到了叔叔家。

长岭山，顾名思义，是一条长长的山岭组成的山脉。在山脊上可见保存完好的明代辽东长城遗迹。离长城不远处的相对低缓一些的山丘上还有不知建于哪个朝代的烽火台遗址。当地还有很多传说，和因为传说而得名的沟、洞、山，如落石山、榆树山、捡钱沟、狼洞沟、牛虎洞等。据说还有一处如夹扁石样自然形成的石门峡，这个石门峡说宽不宽，说窄不窄，当地人是这样形容的："多瘦的人不能横着过，多胖的人侧身也能过。"

在长岭山的怀抱中，因山而得名的长岭山村坐落其中，长岭山村分南、北长岭山，共有百十来户人家。我们刘家的四代祖先都先后长眠于此。为了祭祖，也为了加深快要出"五服"的后辈之间的沟通与联系。在我六堂兄的张罗和两位堂侄的赞助下，利用麻姑节，刘姓子孙五十多口人相聚在了六哥家的果园中。

这是一次纯粹的家族聚会，不是婚丧嫁娶，也不为祝寿贺新生，只为了那一份浓浓的亲情；这是一次真正意义上的野餐，在草棚中埋锅设厨，在树下摆桌设宴，喝的是茅台酒，吸的是中华烟。此举引来了全村人关注的目光，村人们都在说："瞧，人家老刘家心多齐啊！"

果园中有一蓄水池，在北方很少见的荷叶，绿绿地铺满池塘，洁白的荷花默默地关注着我们这一大家子。站在果树下，微风吹过，阵阵果香扑鼻，馋得人直流口水。好在是自家的园子，吃到牙口都酸倒了的时候，六哥爽朗的笑声传来："别急着吃水果，一会儿还得吃饭呢！"六哥边说边指点着几棵梨树："这几棵树上的好吃，正好借机各家都摘些带回去给没来的人尝尝，要是让我挨家送，还真没有时间啊！"

一只只在花丛中奔忙的蜜蜂，与采摘野花的小女孩子们相遇了，误把花朵一样的女孩子们当成了鲜花，一直在她们身边嗡嗡地飞来飞去，吓得小女孩们欢快地尖叫。见此景，虽是六级木匠但喜欢文墨的六哥吟诵道："无论平地与高山，无限风光尽被占。采得百花成蜜后，为谁辛苦为谁甜。"

按动快门，老哥几个、小哥几个、老姐几个、老姑爷子们分别合影留念，家人的笑声定格在了家乡的青山绿水间。有点可惜的是我带去的傻瓜数码相机出了点小故障，照片不是太清晰。照相时五哥特意找到我，让我把他即兴作的一首小诗记录下来：

一日离家一日深，
孤如独苗宿舍林。
虽然连山风光好，
还有思乡一片心。

酒菜上齐了，全家人或按辈分或按男女或按大人孩子的分成了五桌。六哥在祝酒词中道出了全家的心声："人心齐泰山移，家和万事兴啊！"

第二辑

乡韵

灵山欢迎你

唐代文学家刘禹锡的《陋室铭》开篇语中写道："山不在高，有仙则名；水不在深，有龙则灵。"这千古佳句在辽宁葫芦岛市连山区的国家AAAA级风景区——灵山风景名胜区得以充分印证。

山，处于辽西走廊的丘陵地带，没有华山之险，黄山之峻，更谈不上珠穆朗玛之极，但却层峦叠嶂，岩石怪异，石洞幽深，清泉甘洌，植被繁茂。时而雾罩真容，神秘莫测；时而清晰触目，唾手可得。神，让人向往和敬仰，清，使人笃信和虔诚。不知何时，虔诚的人们在此聚集，发现了心中的圣地——西方灵鹫山，故而山成了"灵山"。神奇之地有灵气之处，灵气之处有仙人居住，佛、道、儒三教共住此山中，更给此山增添了仙灵之气。

寺，因山取名。灵山乃是佛祖释迦牟尼说法讲道和生活居住的净土，那么灵山寺就是众多佛家弟子及香客顶礼膜拜的圣地。寺院充分利用自然地理环境依地势而建，浑然天成，在奇石怪峰的灵山坳中，周围美景相衬，更显得宏伟壮观。

院，寺分上、中、下三院，三个院落自成体系，整个寺院共有楼亭殿阁29座，内塑大小神像198尊。上院，依山洞而建，传说中的玉皇、王母、罗汉、南极教主、姜太公等都有一席之地。更有那洞顶自然形成的"阴阳鱼"及三孔"天眼"。"阴阳鱼"酷似太极八卦图，而"天眼"传说是上方老母点化而成，"天眼"处经常有滴水流下，汇集成河，俗称"天河"。中院，依山势而建，坐西朝东，整个外形结构酷似一条龙头凤尾的铁甲金船。至此，我突发奇想：传说中的"诺亚"方舟会不会和灵山寺院建筑有些渊源呢？下院，万仙云集，依托各位仙人的仙气，彰显灵气，可谓有仙则灵，朝拜的香客络绎不绝。也因如此，下院还是多灾多难的，几多沧桑，几经沉浮，千秋灵异，留与后人感悟！

灵山之名，蕴含在佛、道、儒家的思想中，深刻在历史传说的寓意中。

灵山之灵，体现在楼、亭、庙、阁、宫的建筑中，融化在天然洞、府、水、石的逼真中。

感，"无极洞"天井处的凉爽，"冰流洞"夏秋的滴水激石，冬春的冰柱悬挂。"慈航楼"罗盘指针严格对位校正方向，正面迎东，象征着人们都有奔向"极乐世界"的美好愿望和"可能"。

悟，"万佛洞"金袍袈裟万尊佛像佛光普照，"万仙洞"石刻的红光闪烁，广结善缘，心诚则灵。

惊，"南天门"犹如仙境通天，在四季的凉风阵阵中，洞口处卧立着不知疲倦和寒冷的拜月"蟾蜍"。

骇，"天门洞"的坐东朝西，止步于传说中的"西天门"。

迷，双头砬子石下涌出的泉水为何如此清澈甘冽？凉水井中爬出的蛇膨胀而成的龙飞向了何处？

惑，"老虎洞"洞中有洞的神秘险要，可藏匿千余人的洞府只可见聚仪亭及点将台，大辽丞相萧氏兄弟及兵士今何在？

如果你是苦命的鸳鸯，你就来灵山，耸立山门之外的"情侣石"会让你有情人终成眷属；如果你有些心气浮躁，你就来灵山，灵山怪石"定山锁"会让你锁住心神；如果你想探究生命的意义，你就来灵山，形象逼真的十二生肖石会让你找到人生的起点；如果你年轻气盛，陡峭的巨石、幽深的洞穴等你来探险；如果你不服老，层出不穷的台阶等你来攀登。

在山花烂漫之时游览灵山，满眼的花海会让你心旷神怡；在秋风习习之时踏上灵山，满鼻的微香会让你回味无穷。

在“王子石”上小坐，感受着蒙古王子的英俊神武；在“点将台”上驻足，想象着将帅兵卒操练及出征前的神圣肃穆。

听，鼓声阵阵；看，层林尽染。灵山，用宽阔的胸怀和美丽的身姿迎接着八方来客，让虔诚与古朴在宗教信仰与自然风光中融合彰显。

来吧！朋友，灵山欢迎你！

乌云山的绵绵细雨

也许是想让人们切身体会一下九十年前浙江嘉兴南湖游船上的风雨飘摇，六月下旬，雨水越发地稠密起来，在一个阴阴的、昏黄的傍晚，“咔嚓”一声，雷突然猛地炸响，好似就在头顶，着实把正在聚精会神筹备乌云山之旅采风笔会的我吓了一跳。

连日来的阴雨天气，虽然给正在庆祝建党九十周年的人们制造了一些小小的麻烦，但是天公还是很成全人的，大部分的户外群众性庆祝活动都如期举行了。查询天气预报，30 号局部地区有雷阵雨，但愿这个局部地区的雷阵雨不要在庆祝建党九十周年采风笔会进行时光顾乌云山，那就谢天谢地了。

从来不知道辽西的雨还会下得如此绵柔、细腻、悠长。绵绵柔柔地飘落，竟被蜘蛛网接着了，形成一朵朵纯净的网花，在公园里修剪整齐的树墙上晶莹地开放着。细细腻腻地洒落，不需要雨具的遮挡，就那么随意地洒在头发、脸颊、肌肤上，似天然的化妆品般滋润着。悠悠长长地垂落，似雾似雨地接连下了两天，洗染得花花草草如初春般地翠绿而鲜艳着。

谚语云：“先下牛毛没大雨。”绵绵细雨中，载着文学艺术家的旅游客车如期从文化中心广场出发向乌云山进发。

车出城沿着葫芦岛至杨家杖子公路向前行驶，大约二十分钟，到达了离市区 15 千米的连山区寺儿堡镇政府。过镇政府几百米，在一座小桥头与乌云山悠闲农庄的接站车相遇，于是折向南行，穿行在寺儿堡村南房舍间的泥土路上。由于连日降雨，加之村中正在修路，道路泥泞难行。一颗心悬吊着，生怕车会陷在这里。还好，因为事先做了沟通，修路工程不仅暂时开通了道路，而且还用铲车铺垫了砂石。车顺利通过以后，我的心放松了大半，心想单等道路完全修好，出入乌云山就可以畅通无阻了。

出了村，初时，车窗两边可见大片的田野，因为雨水滋润了大地，庄稼喝足了水疯长着，此时已有一人高，正待拔节抽穗。过不多时，虽然路还没明显的上升趋势，但果树取代了庄稼，山野代替了田园。

在山间的一处十字路口，小车继续前行，大客车被指示停下来，在大客车转头寻找合适的停车位时，小车已隐没在丛林与云雾中。下得车来，绵绵细雨仍旧飘洒着，站在十字路口，竟然有一刻的迷茫。看着眼前被乌云笼罩着的整个山区，让人不由得联想起了此处那个美丽的传说。早在前清年间，努尔哈赤西巡至一山下，天突降大雨，山洪暴发，道路皆断。努尔哈赤仰天长叹道："天欲灭我也，朕何罪之有?"遂泣不成声。朦胧中隐见一手持蝇甩者低声言道："大王，醒醒，玉皇派我来看你，非有杀汝之意，只是那雨神降错雨也。"努尔哈赤似听非听，似梦非梦，信口言道："乌云散!"说时迟，那时快，忽见一道白光打在努尔哈赤身上，努尔哈赤惊坐："何者刺朕?"无人应答。努尔哈赤睁眼一看，万里晴空，烈日高照，乌云散去。"实乃天赐我也，非梦！这山为我避雨，这光为我照明，恩重如山，此山就叫乌云山吧!"

"那儿是什么地方?"一文友指着左边的一条小路，只见在树木掩映中时隐时现地露出了一角别致的房屋。听到问话，我才慢慢地有了方向感。"哦——我也是前天探路时才看到的，院子里有铁栅栏，好像要饲养些鹿、狗之类的，可能是谁家正在修的私人别墅吧!"

"从别墅沿路再向前走，不远处有正在修建的庙宇，庙前有假山，再下去，成片的各种果树，那景致就一个字：美！那边也是进出山的另一条路，曲径通幽，别有洞天!"我继续充当着笨拙的导游。

说话间，文学艺术家们已经在山庄工作人员的引领下徒步前行了，我快步赶上队伍。拐过一道弯，两根一抱粗的水泥柱分开在道路两边，左边

书："休闲农庄"，右边书："科研基地"。

走入处在乌云山山坳中的农庄，首先映入眼帘的是一处开放式的院落，北边是一排坐北朝南的平房，房间布置成了简易的餐厅和会议室。房前有几棵杏树，已经熟透了的红杏不待采摘，就争先恐后地掉落在树下的草丛中。我心疼地拾起，草草地撸几下，很容易地就掰开来将肉与核分离，送杏肉入口，一股酸甜的味道让人心满意足。"是甜核的吗?"问话者也不待主人回答，就捡起一块小石头在树旁的一口古井台上砸将起来，然后靠在木制的辘轳上细心地品尝着。

在挂会标、布置会场的空隙，文学艺术家们早已迫不及待地四下观赏和采摘了。有的向南小心翼翼地踏过浮桥，到山坡上的小别墅前凭栏远眺；有的向西来到塔林前无比虔诚地默默祈祷；有的站在水塘边研究着有鱼无鱼的问题；有的爬到树上采摘或拍照……

乌云山休闲农庄是葫芦岛生态科学研究所，是市科技局、农委生态农业试验基地，是国家 AA 级旅游风景区。乌云山生态休闲农庄占地 1500 亩，海拔 187.3 米，方圆 10 千米植被丰厚，生物群落众多，多种爬行动物、两栖动物、鸟类、哺乳动物共生，与各类草、木本植物、蕨类植物、被子植物形成一个天然的生态体系。农庄内点缀着古松怪石，山顶有一条长 3000 米的天然石洞，登山观景之余到天然石洞小憩更是别有一番风味。

乌云山休闲农庄适合于各类人群周末小聚，更是户外爱好者休闲的首选。青山绿水伴着鸟语花香，闻着花香，赏着月色，呼吸着清新的空气，支几顶帐篷，点一堆篝火，真是让人乐不思蜀。

"结茅种杏乌云山，颂党爱乡游庄间。采风聚会友人到，不畏雷风登岭难。"面对此情此景，不论是史学家还是文学评论家，不论是作家还是书法家，不论是散文家还是诗人，不论编辑还是记者，不论是伯乐还是千里马，他们怎么能不心绪澎湃？怎么能不抒发心情?

乌云山生态休闲农庄是绿色农业实验基地，而今，又成了文学艺术家们歌颂党，热爱家乡的红色旅游之地。经过五个乐章的激情互动，在《友谊地久天长》的歌声中，杏树下别开生面的采风笔会暂告一段落。绵绵细雨虽然还没有停歇，但与随即端上来的热气腾腾的农家饭菜已经融为一体，分不清哪是雨雾哪是蒸汽。

“方宅十余亩，草屋八九间。”有朋友曾问我，现代人想归农，哪里去弄十余亩田和八九间草屋呢？哎！那么，现在我告诉你：乌云山生态休闲农庄可以达到你的要求了。

“拨食与田乌，日暮空筐归。亲戚更相诮，我心终不移。”如果你曾慨叹世俗凡人焉知高贤胸襟。那么，现在我告诉你：访问一下李宏董事长就有答案了。

“白发老农如鹤立，麦场高处望云开。”如果你对此神往之，那么，现在我告诉你：来乌云山你定会不虚此行。

绵绵细雨中，我来了，当艳阳高照时，你呢？

春雨踏歌小虹螺

虹螺山是位于辽宁省葫芦岛市连山区北部的国家 AA 级旅游风景区，辽宁省级森林自然保护区。

虹螺山为燕山山系，黑山余脉向渤海延伸部分。地质构造以花岗岩为主，小虹螺山下部为石灰岩。由于造山运动和大自然的鬼斧神工及历史变迁，在虹螺山留下了大量的文物古迹和风景名胜。虹螺山古代就有“东看锦郡玲珑塔，西视长城山海关，南望宁远一片海，北揽朝阳万里烟”的经典描述。大小虹螺山两山对峙，中抱虹螺湖，辽代时称为胡僧山，元朝时称红罗山，从明代起称为虹螺山。据清代《奉天通志》记载：“俗称大虹螺山不大，小虹螺山不小，山脉自西而东，蜿蜒百余里，从各方面观之均成形，因此有八面威风之称。虽不及医巫闾山及千山高大秀丽，然亦堪称伯仲。”以夹道沟为界，西为大虹螺山，东为小虹螺山。山上苍松傲立，蓊郁青翠，怪石嵯峨，陡峭如削。山中有野生动物獐、狼、野鸡等，还蕴藏有色金属矿藏。

中国历史上，从宋代的江南州县选八景的活动开始流行，明朝华北汉民落户辽西，中原的典章制度，民俗文风，迅速流传开来，春游与“九九登高”成为社会时尚，后来在辽西地区约定俗成出现了“锦州八景”。锦州古八景之首就是“虹螺晚照”，而锦州新八景中“虹螺烟雨”位列前三，足见虹螺景致在辽西的知名度。每当夕阳西下，余晖散射，虹螺山影映到女儿河中，此时，玉皇顶上空的云彩也会呈现出五颜六色，这一美景，人们称为“虹螺晚照”。

五月初的一天，本着开发和探察旅游线路的目的，我们旅游局全班人马在前一天选好了线路，找好了向导，备好了干粮，整装待发，准备一探小虹螺山。

早晨七点半，也许是天公故意给我们出难题，还未等出发，淅淅沥沥的春雨不约而至。北风夹着细雨迎面扑来，让我们踌躇：是去还是不去？是穿棉还是穿单？是穿雨衣还是带雨伞？局长一声令下：出发。

在时断时续的春雨中，一行人出城沿着公路向市区东北而去。经虹螺岘镇政府，从团山子村折向南行，在平坦的村级公路两边，凭窗可见一大片经过修剪，“枝”态各异的果树，黑黑地、干枯地伫立在田野里，没有一丝生气。初看时，还以为春雨迷蒙了双眼、浇乱了时空，怎的，现在不是走进了五月的晚春吗？等看到在沟沟坎坎的坡地上还夹杂着繁花渐落，已经吐出满枝嫩绿的树木时才释然。释然归释然，还有一丝丝疑问在心头，是什么树这么有个性，五月的春风细雨都吹不开淋不出一枝叶片？“君爱绕指柔，从君怜柳杞。君求悦目艳，不敢争桃李。”不是柳也不是桃李，那它又是以何优势占据着这一片大好田园呢？

带着些许的疑问，车子停在了一个小广场上。广场北边一排平房，南边是入村口，两排民居间的村口处立着一个蓝地白字的对联式牌子。摇下车窗，透过雨帘白色的文字清晰可见，上联：青山绿水风景秀丽；下联：红枣甜脆誉满辽西；横批：大枣之乡。此时从打开的车窗钻进的雨滴仿佛是一针清醒剂，使我突然明白，原来是已经来到了辽西最著名的大枣之乡——葫芦岛市连山区虹螺岘镇板石沟村。车停处即是大枣批发市场。板石沟因何得名不得而知，但是知道在辽西“板石沟”几乎就是大枣的代名词。难怪“皮皴似龟手，叶小如鼠耳”的枣树会占据着大片良田；难怪百果中凡且鄙的大枣会让此沟誉满辽西！

也许是大枣之乡的热情好客，也许是小虹螺山不忍拒人于山外，正当我们一行在村中犹豫徘徊之时，一直滴落的春雨悄然停了，于是唤回了五十岁左右的向导，当地人称“山爷”的护林员，向小虹螺山进发。

在山爷的指引下，汽车穿越路边修有人工水渠的砂石路，几分钟后，人工水渠尽头处，是只能牛马车通行的山坡路，遂弃车，整装，开始徒步登山之旅。

汽车虽不能行，但是对于以丘陵为主的辽西来说，我们这还不算是在登山。路两边的坡地上，已经包产到户的果园每家都打理得井井有条。果树以大枣为主，各家还自己安排种有梨、李子、杏、山楂、苹果等。偶尔在果树间还能看到几座坟茔，和几根两米来高的石柱。问向导得知，这是早年间留下来的村人的祖坟，石柱乃是坟地的石门柱。先人选择在这个山清水秀、鸟语花香之地长眠真是福泽后人呢！

小雨这时候又开始时断时续地飘下来，空气湿湿的，凉凉的，深吸一下，满腹清香。远远向前望去，被人们称为一道沟、二道沟、半道沟、喇叭嘴山、核桃帽山的沟沟岭岭浸染在浓浓的云雾中。按下相机快门，等回城发给朋友们辨认是哪里的风景时，他们异口同声地回答："黄山！"

沟口转弯处，盖有几间看护房。此时房门上着锁，趴窗观瞧，屋内锅灶家什一应俱全。房前空地上用碎石围成了三个小菜园子，虽然还没有种植什么，但是，种植的是纯绿色蔬菜是一定的了。一同事感慨地说："等有机会一定约上三五个朋友在此住上一宿，然后起早爬山，充分享受一下大自然的气息。"我吓她说："山里可能有狼，到了晚上怕是你们都不敢出屋子。"也许是为了印证我的话真伪，我话音还没落，一只山鸡在前面不远处扑棱着飞到山路中央，看到有人来，它又飞快地躲进山林草丛中。一阵风吹过，阵阵松涛袭来，初时我还以为是大雨拍打树叶的声音，待及细听，"呜呜——"，"刷刷——"，"嘎嘎——"，"咕咕——"，也不知究竟是风声、雨声还是动物声了，总之声声入耳。在这样的阴雨天气，如果一个人进山，胆小的非得转身跑回去了。

再向前，一、二道沟已经被甩在了身后，路左边的半截沟里，满眼是果树，果树在路边伸手可及，问向导山爷：“等果子成熟时，路人轻易就可以摘到，要不要看着啊？”山爷朴实地哈哈一笑：“山里自家树上结的，走到这了，摘几个解解渴，无妨的。”路边上还有几棵树吸引了我，花骨朵是粉红色的，盛开的花却是白色的，再加上嫩绿的树叶点缀，花花绿绿的，甚是好看。山爷说当地人叫那为“红山丁”，山里人只能用它来嫁接沙果，如果这些树移栽到城市街道，可是很好的景观树。

在果树下我们还惊奇地发现，在城里花钱买都得分季节才能有的小山蒜，这时被一堆一堆地扔在了路边上。和杂草泥土混在一起，可能扔了有些日子了，蒜叶已经开始腐烂了。心痛地想捡起来，山爷说：“这个在果树底下有好多呢，拽不净，铲不灭的，影响果树生长，都当杂草铲了扔了。知道城里人爱吃这口，也没人有空去卖它。”我记下了这一幕，在返程的时候，找到一地儿，如在田里收获一样，不大工夫就摘到了一大把。因是雨天土地湿润，还省了使用工具，简直是手到擒来。

山的阴坡适宜树木的生长，刚刚的松涛声即是从喇叭嘴山的北坡传来。等再向前行，路右侧转到了喇叭嘴山的南面，经向导介绍才知道此山名的由来。不知是哪个年代，有人用了50吨炸药爆破此山，取石填海，使得完整的山体变成了如今的喇叭嘴。现在还可见两块巨大的山石落在了山路旁的荆棘杂草中。一块较大，有裂缝一分为三；一块较小，整体为一，似馒头更似寿桃，就暂称它为寿桃石吧！

过了寿桃石，牛马车也上不去了，人工林和承包果园换成了国有林，此时才是真正的开始登山，但基本上还是在两山夹一沟的河谷荆棘中穿行。这一沟当地人称“西沟”。在此天、此时、此地，我穿的一件老式牛皮夹克显示出了很大的优势，既可以防寒又可以防雨，还可以防刮。遇有荆棘丛生处，只两臂一收缩就钻过去了。

此时，仰望天空，阴云被风吹着在山顶上游走，有一处甚至被吹得露出了蓝天，太阳冲出了云的包围，阳光洒向了山峦。立刻，前面的核桃帽山更加的郁郁葱葱。左边山梁上有一块突出的山石，从此角度观看当地人称为“婆婆卷”的山石发现它更像是蘑菇头。右边漫山遍野地长着开着白花的树种，同行的植物专家董台长内行地告诉我，那叫溲疏，为虎耳草科，溲疏属落叶灌木，树皮薄片状剥落。小枝中空，红褐色，幼时有星状柔毛。直立圆锥花序，长 5 ~ 12 厘米，花瓣 5 枚，白色或外面略带红晕。初夏白花满树，洁净素雅，其重瓣变种更加美丽。宜丛植于草坪、路边、山坡及林缘，也可作花篱及岩石园种植材料。花枝可供瓶插观赏，根、叶、果均可药用。

在辽西的山里，生长着许多可吃的野菜。虽然进山观赏留下的是脚印，不能带走一草一木，但采摘些春风吹又生的野菜，提高一下游山的乐趣，清理一下油腻的胃口也未尝不可。

“暂停，请注意!”正当我们边走边随意地采摘野菜之时，拿着相机拍照的董台长却叫了停。他指着山路中央石头缝中的一株状似野芹菜的植物说：“这叫乌头草，在北方也叫北乌头，花为紫色，含有乌头碱，系剧毒，安全范围小，误食有中毒致死的例子。”看到我们有些不以为然，他继续道：“要是谁不想活了，就吃了试试!”“《三国演义》中的关羽关云长在襄阳战役中中箭，箭中就带有此毒。书中语：‘有乌头之药，直透入骨。’所以才成就了关公刮骨疗毒的流传后世。”听至此，我直觉得胳膊都麻酥酥的了。

走得累了，看得乏了，采得多了，正寻思间，只听山爷说：“大炕石到了。”话声未落，山爷人已经坐在了一块平展展，足有几米见方的大石头上了。一行十人到齐了，围坐在大炕石上，拿出带来的食物，拔一棵新鲜野菜，撸一把榆树钱放进口中，黏黏的、甜甜的。这是一次真正意义上的野餐。边吃边观景，回眺，“婆婆卷”在我的眼中不仅形似，简直神似了，多像母亲梳的发髻啊！有年轻人惊呼：“太像卡通片中的梅花鹿了！”再回望来路的右侧，一块中间留有空隙的条石斜搭在山体上，仿佛一位绝色美女依靠在夫君宽阔的胸前一起欣赏着人间美景。

吃罢，背囊轻松了许多，将垃圾收拾到一个方便袋中，放在大炕石的显眼处，等到下山时带到山外去。继续前行，荆棘杂草比此前密集了许多。山楂叶悬钩子（阔叶悬钩子）树不时地钩刮着衣服、手、脸。前面的人拨开树枝过去之后，一松手，树枝像鞭子一样正好甩在后面的人身上，因此大家都拉开了一定的距离穿行着。

看见山体上的一块大石中间长着一棵仅有两根枝叶的植物，恰似一只弱小的山羊卡在了山间石缝中，心生怜惜之下想让董台长给拍下来。董台长看后回答：“不稀奇，不稀奇！”

“上水泉到了。”山爷又及时地报告了一个景点。山爷介绍说：“这泉眼长年流水，是纯净的天然矿泉水，喝了一定不会拉肚子。”大家欢呼着，有的挤到泉眼处接了满满一瓶山泉水，喝一口，冰冰的、凉凉的，甘甜润喉；有的拥到水边用手玩着清清的泉水。“快看啊！”玩水的发现新大陆似的惊叫：“水中有许多卵呢！”山爷说那是林蛙的卵，卵孵化在林间水洼处、石缝间，等再过几天就会变成蝌蚪再而变成蛙了。在上水泉的右侧是大冰沟和小冰沟，难怪现在五月初，按节气应该是初夏，是花儿朵朵开，绿色满山峦之时，泉水边山石上还存有大块的冰雪。董台长见此景，连声感叹：“这稀奇！这稀奇！”于是用相机记录了春夏与冬的和谐画面。

“山雨欲来风满楼”，风刮过松林的上空，带动着千百根松枝齐鸣，身临其境，才真正体会到“松涛”两字的含义。风过处，刚刚放晴的天又阴云密布；云过处，雨点滴落下来；雨过处，山间石头路变得湿润光滑。偶有本就平滑如梯的大石挡路，只好四肢并用地爬上，手足臀并用地滑下，尽管姿态不美，但却乐趣无穷。

赶在雨点密集地落下之前，紧走几步进入了松林。躲在一棵伞形的松树下，边避雨边休息边赏景。此处的松树很奇特，树枝大多数是顺着山势长在了靠外的一顺边，也许是因为树太密集，也许因为山形地势等原因使得它们不得不顺势而生吧！黄色的枯针铺满地，初时还以为是东北三宝之一的靰鞡草，细看之下才知是松针，这印证了此处松树是落叶乔木东北落叶松。原只知松针常绿，不知松树也落叶；只知松枝傲雪，不知松树也换装。

前面就是“羊（杨）大鼻子”了。抬头观瞧，在树木掩映的右边山坡上，隐约可见一块光秃的山石形似大象的鼻子，心想：是不是口误，羊怎么会有这么大的鼻子哟！以前曾来过的同事说，因为板石沟村“杨”姓为一大户，此处取名为羊（杨）大鼻子。我遂想：“老鼻子了”是东北方言，意思为许许多多，是不是这里还有人丁兴旺的愿望在里面呢！总归是猜测和传言，向导证实正在攀登的“步步登高”的山梁即为人们口中的“羊大鼻子”。这一段登山路是从板石沟村西沟入小虹螺山最艰难的一段路程，一步一登高地沿着山梁向上绕行，没走几步就感到肺活量达到了极限，心脏仿佛都猛冲到了嗓子眼，如果不略作停顿，真就要窒息了。当然了，这只是我的感觉，对惯于登山的人来说，那就是小菜一碟了。为了提高士气，局长带头喊起了号子：“小虹螺山好不好?”“好，好。”“姑娘们别回去了，嫁到这里要不要?”“要，要——哈哈……”这句是所有人一起回应的了，笑声中，疲劳一扫而光。伴随着笑声，歌声又响起来：“板石沟的姑娘美小伙子也漂亮哟！虹螺山的风光好大枣香又甜哟。”

绕过山梁，前面变得宽阔起来，雨后的林中空气清新如天然的大氧吧。这里是针阔叶混交的原始次生林，是虹螺山最好的林子，树间缝隙很小，树木密度达到了85%，单株树直径30厘米。行走在平缓的山间小路上，那一刻，让人仿佛置身于世外桃源，微风吹过，枝头的雨水滴落下来，掉在脸上，凉丝丝的。笔直的油松林间，藤萝牵扯，杜鹃花艳。那一刻，站在几棵皂白杜鹃花丛间流连忘返。

终于，到达了小虹螺山一处有名的景观——望海寺遗址。望海寺是在1947年的战火中焚毁的。望海寺曾是虹螺山中最大的寺庙，如今，断壁颓垣，遗迹清晰可寻，还可以看见当年烧香的石香炉尚有一半立在那里，巨大的石柱横七竖八躺在野草丛中，斑驳陆离。离这里不远，有一个透龙碑，碑首和碑趺还完整，只是碑身一分为三，上面的小字已残缺不全。不难想象，当年，它们曾支撑过一段虔诚岁月，聆听佛法禅音。在庙的附近有一株大松树，树龄难以推测，树皮已经剥落，树的顶端枝干偏向一方，虽不对称，却是一种奇缺之美，称为“青龙探海”。钻过一片低矮的灌木，寻小路到达望海台，此处又称为“望海听涛”。“青龙探海”与“望海听涛”是小虹螺山的两个著名景观。站在望海台上，天气晴朗时东望可见大海茫茫，水天一色，可以远眺锦州湾中的天下奇景——笔架山。此时，连绵春雨中，山、海、寺在云雨雾中显得神秘莫测，闭眼伸臂，眼不见，心得见，仿佛泰坦尼克号行驶在山巅。看有人累得不想近前，喊到：“不到望海台，小虹螺山白来。”于是望海台再一次热闹了起来。

小虹螺山主峰海拔717.2米，山围20千米。著名的峰岩有骆驼岭、虹螺女牧羊石、神笔峰、石猴等，美不胜收。高山坡有原始次生林，密荫风吼，落叶盈尺，鸟语花香，景色宜人。山高水涌泉积流布，三叠瀑布分上中下三层，平日水落如丝，雨后则白练当空，总落差80余米，水声震耳。山下，龙头岩底水洞，清泉翻涌水质甘洌，经化验证明是天然优质水。人们就把这泉水叫作龙泉。龙泉寺就建在泉边，葫芦岛市佛教协会驻此。

山上林荫处除了望海寺还有上清宫。景点众多，有“石门”“飞龙瀑布”“青龙探海”“双龙寺”“一线天”“梳妆台”等大小景区58处，传说辽国的萧太后曾在此避暑。北坡之下有“范道洞”，石洞深约数间民房大小，古代姓范的道士在此洞修炼成仙。往主峰山脊攀登，明代辽东长城遗迹蜿蜒存在。

小虹螺山是一处环境清幽、未遭人类破坏的天然山川旅游胜地，数百年来一直是人们访古探幽、朝圣拜谒的名胜之地。春雨加上忘情地赏景，使我们考察脚步缓慢，到达望海寺之后开始返程，留下了些许的遗憾，但谁人又能舍得不再来一探呢！

神奇险峻大虹螺

大虹螺山在葫芦岛市北37千米处，特点是，远看挺拔俊秀，近看峭壁悬崖。主峰玉皇顶海拔900.8米，方圆约30平方千米，以山顶为轴，如扇形层层错落，四面观赏都呈巍峨之势，素有“八面威风”之美誉。

为了考察旅游线路，我们旅游局多次在向导的引领下完成对大虹螺山的穿越，从东南西北四面登临主峰玉皇顶。

1. 老爷庙村—灵隐寺一线

从市区出发，沿寺钢线，车行一个小时左右进入钢屯镇老爷庙村，再沿着新修的老爷庙灵隐寺1.5千米旅游公路，首先到达8600平方米停车场。此时，穿过一大片修剪整齐的果园，一座寺院若隐若现映入眼中。目光向上观瞧，绿树覆盖下的山峦，虽不高，但也群峰起伏。聚焦在一座山顶处，几块裸露的山石组合成的画面极像倒坐着的观音菩萨在向弟子或众生讲经布道。在它的下方还有由两块山石组成的奇特景观，一块似和尚头，一块似背包，当地人称为“老和尚背包”。这两处天然的景观，让人未入此山就先有了一种神秘的感觉。

沿着新修的观光路向山中进发，行不多时，向右跨过一座漫水桥，就到达了位于大虹螺山北麓的灵隐寺景区。灵隐寺给人以古朴凝重的感觉，始建于1916年，是当年大德居士李文聚化缘修建的，“文化大革命”时，灵隐寺也遭到了破坏。1994年始，李文聚嫡孙李树德又开始重建。现已建成了五母宫、大雄宝殿、善缘楼、弥勒佛亭等独具特色的宗教建筑群。

2009年，钢屯镇政府本着选贤任聘的原则，成立了大虹螺山灵隐寺管理委员会，依据《全国汉传佛教寺院管理办法》，经众僧推举，管委推举，由爱国守法、具足正信、勤修三学、戒行清净的释静勇、释传正担任管委会正副主任，下设寺院财务、物资管理小组，信教公民的宗教活动均由本寺教职人员主持，并严格按照教议教规进行。每年三月三和四月十八民间传统庙会期间，堂主和追士们会在大雄宝殿内诵经念佛，前后连续三天，名为“拜禅”。正日，有各地信众纷纷来此烧香拜佛，登山祈福，多时达到数万人。

出了灵隐寺后门，穿过一片果园，直接可以到达虹螺山管理处。管理处身后山上“倒坐观音”近在咫尺。听当地老人讲，早年间观音倒坐讲经像比现在还逼真，并时常有大雕盘旋左右。后来因为风霜雨雪侵蚀和人为采石稍有破坏。

大虹螺山最具魅力的是现存的一万多公顷的天然原始次生林和数百公顷的人工林，这些宝贵的森林资源仿佛一个天然大氧吧，为人们提供了非常难能可贵的生态环境。为了给自然保护区的生态资源提供必要的基础保障，修建了大虹螺山灵隐寺到玉皇顶的登山步道，步道全长2882.24米。登山步道能够对自然生态资源的常规巡护、监测，对保护区资源科学化、系统化的看护和统计，对自然生态资源的疫源疫病监测和防治，对自然生态资源的科研、科普活动，对森林火灾的预防和扑救等方面起到必要的辅助作用。做到在有效提高保护区整体运作效率的同时，能在各类雨、雪等恶劣天气情况下保障相关登山人员的人身安全，等等。

沿着新修的登山步道开始步步登高，此处是最锻炼人们登山意志的一段，此坡路虽不是十分陡，但要一口气登上来却十分不容易。有许多登山者由于刚开始登山，体力充沛，用力过猛，一下子肺活量跟不上，胸部疼痛难耐，意志薄弱者对登顶极易产生畏难情绪。因此，登山者在这一段要根据自身的情况合理地分配体力。好在这一段路都是在树林中穿行，天然大氧吧及时地为登山者提供了能量。

转过一道弯，路变得平缓，有的地方甚至还有下行的趋势，眼前变得开阔起来。脚下的台阶沿着山体蜿蜒，外沿修成了长城状的垛口，此处也是人称“小长城”的地方。在“小长城”时常会看到全副武装的森林防火员的身影。

在“小长城”的右侧河谷中有一片较为开阔的地方，此处是乱石滚滚的乱石沟，显然是山洪故道。在乱石滩中可见一垛残垣断壁，这是大虹螺山中堂子遗址。

1913年钢屯建县，大虹螺山开始吸引游客，整个东三省、热河、内蒙古一带的游人络绎不绝。游客登山之后，感慨万分，大有游山不见寺，难觅钟磬声之感。传说那一年，李文聚正在义州镇修建大佛寺。一天深夜，他突然做了一个梦，一个白胡子老头站在云端对他说：“你要马上回乡，到大虹螺山建造庙宇，否则将大祸临头。”这夜他连续三次梦见那个白胡子老头，都是叫他马上回乡建庙。第二天，李文聚匆匆归家，和家人说明此事，便于半夜子时奔上大虹螺山选址。1916年，众人推举大德居士李文聚为祝管带头发动建庙。从山顶虹螺山主峰开始修玉皇宫（上堂子），又陆续修腰堂子建三清五老殿，山下修五母宫正殿等，历时三十余载，终于初具规模，统称万善堂。后逢“文革”浩劫，万善堂被毁。1969年发大水，山洪暴发，处于河谷中的腰堂子被冲得连遗迹都很难发现了。

离山洪故道不远是王殿沟。1928年出版的《锦西县志》记载：在大虹螺山北面，有沟号王殿沟，相传系金时某王之殿，遗址犹存，状如戏台。附近极宏阔，古坟、古井甚多，常发现极长大之人类骸骨。民国年间，牧童曾于石隙中掘得古锅一口，锅下有铜钱，钱面刻“崇宁重宝”四字。考崇宁系宋徽宗年号，疑金人入宋所掳得者。

传王殿沟曾是农民起义的根据地，晚唐年间，官逼民反。民众在沟中屯兵两千，占山为王，抗击官军，坚持数年之久。又传早在几百年前，清王朝的一个内亲在这里建庙，后来屯兵谋反，败露被杀。

沿着修好的台阶向上，右侧是山洪故道，左侧是悬崖峭壁。看那山石，或独自俯卧，如酣睡之虎，静闲而不失精神；或成对依偎，如恩爱之侣，亲近而不失深沉；或翘首高空，如欲飞的雄鹰，急切而不失稳重；或摊于山脊，如盛开的莲花，平淡而不失高雅。正自纳闷，此处还有如此的美景啊！及至拐过一道弯，再回头看时，整个山形更加地挺拔峭立，威风八面。原来这里就是“八面威风虹螺山”最具代表性的景观所在了。

渐渐地，一个个山头悄悄地被我们弃在脚下。山上的灌木越来越丰厚，人行其中仿佛畅游在碧波之上。充足的氧气让攀登者的疲劳感缓解了许多，越来越沉重的脚步也仿佛轻松了许多。

当烈日炎炎时，我们幸运地步入有“黑松林”之称的原始次生林中借得一片浓荫。这片松林沿坡向上延伸，树与树并肩挨膀，枝干挺拔，给人以沁心的凉爽。阳光透过枝叶的缝隙在林中小径上投下了斑驳的影子。早先未修台阶时，上下这一段山路需要借助松树辗转前行，特别是雨天，脚下极光滑，一不小心就会滑倒。俗话说“上山容易下山难”，在这一段最能体现出来。

出了黑松林，山势开阔了许多，可见一简陋的房屋，猜测是供修庙人或是护林员临时休息之所。

再走到名叫“大迫子”的地方向上望，可见如天梯般的台阶从空中垂直倒挂，惊险异常，美不胜收。台阶两边封闭，可供两人并行，偶有多人上下，就得互相侧身躲让了。一级一级数上去，不多不少正好是九十九级台阶。

攀登九十九级台阶便来到 900. 8 米的虹螺山主峰，因为李文聚嫡孙李树德立志实现爷爷生前遗愿要重修玉皇庙，使虹螺山主峰成为名副其实的玉皇顶。玉皇庙为一大间，建筑面积 12 平方米，庙内供奉玉皇大帝、太白金星、托塔天王，两侧为四勤功曹。用石栏杆围成的方方正正的小院，院内的围墙上雕有四大金刚、八大帝、八仙等图案，形态逼真，栩栩如生。院有三个门，南边是南天门，门前竖起两根旗杆，开门往下看是万丈深渊，令人腿脚发麻，头晕目眩；东门往下修成三十三级台阶，表示三十三重天；西门修了九十九级台阶表示三个三十三重天的意思。

登九十九级台阶可上九天揽月，攀八百八十米高峰能眺八面风光。每当白云在山腰飘荡，站在山顶时，头上是晴空万里，脚下是云海翻浪。若是乌云罩上峰顶，就预示着将有大雨降临，民谚语："虹螺山戴帽，房檐下冒泡。"最让人流连忘返的当数秋高气爽的时节登临大虹螺山玉皇顶，这个季节登临玉皇顶，平日环山缭绕的烟雾远去，会给人以神清气爽、心旷神怡之感。极目远眺，向东则古塔倩影依稀可见，向西则宁远牌楼尽收眼底，向南则可见渤海烟波浩瀚、水天一色，极目向北，则可见朦胧中若有若无的朝阳古城。

现在在玉皇庙墙外一角有善人捐赠设置了一台大鼓，抡起鼓槌，敲响战鼓，立刻，咚咚的鼓声传向了四面八方，令人振奋，令人遐想……

2. 张家沟—天然寺一线

大虹螺山南麓的天然寺景区，山峦起伏，谷幽林密。春季百花盛开，生机盎然，夏季则草木郁郁葱葱，秋季则漫山红遍、层林尽染，到了冬季就会呈现"山舞银蛇，原驰蜡象""大雪压青松，青松挺且直"的神奇景观。

待步入天然寺，最引人注目的便是大雄宝殿前傲然屹立的两株千年古

松，它们为天然寺增添了神秘色彩。据推算，这两株古松树龄大约有 1000 年之久。寺内有一透龙碑，碑身长 1.74 米，碑宽 0.75 米，厚 0.2 米，开头有“锦府”字样，落款是“康熙六十年”，这是天然寺重要的文物之一，由此可以考证，天然寺始建于清康熙六十年（1721 年）。

天然寺院落略呈方形，东西长33 米，尚有三座僧人墓冢。有明、清风格的大雄宝殿、天王殿、钟鼓楼、弥勒殿等十三座殿堂，还耸立着一座高大宏伟的千佛塔。天然寺一直香火旺盛，经历“文革”而被破坏得面目全非。2003 年，浙江宁波云峰主持释圣然云游到天然寺，圣然法师独具慧眼，在原址重建天然寺。历经七八年，完成了大雄宝殿、卧佛殿、三圣殿、天王殿、钟鼓楼、大雄宝殿配殿、寺庙山门、千佛塔、藏经楼及金佛加身等后续工程。完工后的天然寺成为辽西地区最大的以传播佛教文化为主的正宗传统寺院。到这里游览的人们无不对大雄宝殿及卧佛殿的香樟木刻大佛而叹为观止。大雄宝殿内的观音菩萨像神态端正，双目凝视前方，若有所思。卧佛殿的观音菩萨则以右手托起头部，侧卧小憩，故称“卧佛”。

沿着寺院墙外左侧的一条从西向东流淌的小河开始上山，走过一座新修的古色古香的小桥钻入一片树林中。虽是山的边缘，但此处的树木已是很有特点。能引来金凤凰的梧桐树伸展着肥大的叶片，枯叶掉落掩盖了树根下的凸凹不平，如在林中设下了陷阱，一不小心就会踩空极易崴脚，那样就会阻碍进山的脚步了。树下残存着前一年橡子果的橡树在这里高大挺拔地生长着，在过去缺粮少米的年代，橡树的果子时常被磨成橡子面，而树叶则被撸去制作成菜团子充饥。蒙椴的枝条虽粗却极易折断，正好随手折下一根歪倒的枝杈来当拐杖。

沿河的两岸山脚之下，天然寺后侧有一块开阔的平地，是一个老梨园，站在梨园向东面的山顶望去，只见一块横卧的巨石，恰似一头猛虎踞守着山顶。山顶下面有一块巨石，人称“和尚帽”，巨石形状酷似和尚帽，而且还可以清晰地看到帽子四周的棱角。当你稍稍向左便可看到形态各异的山石，山石上还稀疏生长着几棵松树，好似一盆盆写意的盆景。见此，会不由得让人想起“天然寺聚宝盆”的传说。

说是早年前，天然寺的所在是荒山秃岭，没有一棵树。后来，有一个叫缘成的和尚带着徒弟惠施来到山上修行。师徒二人起早贪黑，一个劲地栽松树，垒坝墙子，苦熬苦修十八个春秋，终于在虹螺山半山腰建起一座大寺院——天然寺。有一天，师徒干活时在石头缝下挖到一个缺边少沿的破泥盆。出家人不损坏天物，就把破泥盆捧起来放到佛殿前的台阶下。徒弟信手把狗食倒在那个泥盆里，一连两天盆里的食一点都没少。以为狗吃娇情了，后来才发现是狗食边吃边涨。师徒俩经过用铜钱、碎银片验证才知那泥盆是宝物。缘成法师双手合拢跪在泥盆前面，对徒弟说：“阿弥陀佛，虹螺女显灵了，聚宝盆啊！聚宝盆。”并嘱咐徒弟，“记住，不得对外传扬！”但是随着上山烧香的、拜佛的、送匾的、逛庙的人越来越多，聚宝盆的秘密还是被人发现了。师徒将聚宝盆藏在一棵松树下，一贼僧在拷问小和尚没有得到聚宝盆下落的情况下把小和尚给杀了。老和尚得知徒弟被杀，流着泪，当夜拿着聚宝盆，舀来半盆松子，掺进一些碎铧片，走遍全山，把松子撒遍各个角落。第二天，整个虹螺山都长出了黑压压的松树，棵棵都和聚宝盆旁的大松树一模一样，怎么也找不到埋藏聚宝盆的那棵松树了。据说，那聚宝盆至今还埋在虹螺山里，那长着铧片，难砍难伐的老青松也在虹螺山里。

绕开梨园寻找登山路，见山间有条河流，乱石充满河道，在雨水季节河水充盈，时缓时急地流淌着，借着地势会形成一个个小型的瀑布，随之水晶花朵漫天飘起。枯水季节河道可任人恣意跨越行走，而不必遵循着有路无路的刻板规则，真正是“世上本没有路，走的人多了，也就成了路”。

沿着多人踩踏出来的河谷小路穿行，时而在河谷左岸，时而又跨到了右岸；时而钻荆棘，时而踏乱石滩；时而遇到稀少的皂角树，垂着长长的果荚，让人忍不住驻足观看。

穿过一片荆条灌木，在一棵核桃树下，一堆大石围成了一个天然休息站，此处距天然寺1000米，因此称为千米休息站。这里基本上是处于河谷地带，除了南面入口处的天然寺开阔带，另外三面被沟谷环绕着。东面是东石壶沟，沟如一把壶，只有一个沟口可以进出；西面是大小白石窝沟，远远望去，一大一小两个沟窝窝里遍布着白亮亮的石头；北面是正对着主峰玉皇顶的二愣北沟。虽然从二愣北沟到玉皇顶直线距离很近，但那里是悬崖峭壁，可能只有天不怕地不怕的二愣子才敢尝试着从此登顶，至今到底有没有人上去过不得而知，普通人只能向西北，从乱石繁杂的乱渣沟也叫行动沟迂回过去。

向西北乱渣沟行进，登山道明显地渐陡，上行200米左右向右拐过一道弯绕过二愣北沟边沿到达龟石谷。此处，可见几块如乌龟样的巨石俯卧于河谷，站在龟石上只见山坡上草木繁茂，百花争艳，有风吹来，松涛阵阵，似可听到喊杀声，让人不由得联想到那个“张家沟宝藏之谜”。

贞观年间，东辽元帅盖苏文独霸辽东，烧杀抢掠，称王称帝，要吞并大唐江山。唐王曾几经派兵平息，均未获胜。唐王李世民于是御驾亲征，唐军来到虹螺山，看到山高林密，地势险要，可以控制敌军进退，便在山上扎了营。盖苏文借唐军立足未稳，发起进攻。唐王派出几十员大将，均被他打败，唐兵节节败退，一直退到虹螺山顶。虹螺山山崖横生，险石遍地，唐军放起滚石，盖苏文不得不退走。盖苏文见无法取胜，便将虹螺山死死围困住，召来了各路人马，断绝了唐兵的援军之路，扬言说要把唐军饿死在这里！正当唐王十分焦虑之时，大将薛仁贵赶到。薛仁贵与盖苏文大战了四十余回合，盖苏文被生擒。薛仁贵命令盖苏文三年内全部撤离，可盖苏文却听成是三天内撤离。于是匆忙之中只好把一些简单的能带走的宝物带走，带不走的宝藏、铜钱全部都装在了九个缸、十八口锅里，然后把这九缸十八锅都埋藏在了地下。为了以后回来能够找回宝藏，盖苏文把当时埋藏宝藏的地方用一首诗记录了下来："九缸十八锅，不在南坡在北坡。"可是他们却再没有机会回来拿回宝藏了，那宝藏也就永远埋藏在那片土地下了。

再转向北，来到大热沟。顾名思义，是因为此沟地处阳坡，光照足而温度高而得名。在大热沟遍布着城市公园、居民小区中栽种的那种白沙条，以及马棱菜、杏芽菜、山韭菜等野菜。值得注意的是，有一种形似小山蒜的毒草，两者的区别在于茎，蒜的茎圆毒草为扁，毒草嗅来隐约有蒜味，不似蒜的味道那么浓，不知者往往会误食。

拐过大热沟，折转头稍向东南，左边是小冷沟，继续在冷热沟之间的山谷穿行，过一石场，开始走上坡路，到达2000米休息站。此处遥望南上方为雁梁子，下方为小鱼沟；东南为大鱼沟；东北方向最接近玉皇顶的为硌沟白砬。这些拗口的地名只是听来的谐音，可能不同人听到会有不同的理解。沟沟坎坎的本没有名字，是当地人为了辨别位置在长期的生活中口口相传下来的。

沿着一条山中的石板路来到一片开阔地带，种种迹象表明此处曾经是驻军营房。石板路虽已凹凸不平，几乎被杂草掩埋，但是还能看出曾经行车的痕迹；在开阔地的北面高岗处，可见宿舍、厨房、猪舍遗址；较低洼处有一条小溪，一年四季水流不断，这可能也是营房选在此地的一个重要因素。中间河谷横卧一块长约7米，宽为3米的平滑大石。站在石上观赏四周风光会让人觉得眼花缭乱，看，每逢春季，桃花如胭，梨花如雪，杜鹃怒放，就连嫩嫩的树叶子在阳光的照耀下也会让人误以为是花；每到秋季，梨满枝头，红枣悬垂，枫叶柞叶一片殷红。草木将虹螺山装扮得无比艳丽，叮咚作响的山泉更为虹螺山增添了灵动。

过到开阔地对岸，回头可见一奇异景观，在目之所及之处，两块平板石相对而立，上面横搭一块条石，远远望去，如农家用来放碗筷的柜子，因此当地人称之为“碗架子石”。

继续前行，沿着小鱼沟山脊蜿蜒穿行于九曲十八弯的八一盘山路上。这是一段艰难的行程，初时几道弯，由于多年行人稀少，上有荆条、下有靰鞡草形成夹道欢迎之势。第 7 道弯时，有大片的酸枣树，如果在秋天登山，在累得想哼哼出声时摘些酸枣，会补充些能量呢！到第 13 道弯时，让人有想抄近道直接过去的愿望，折根枯枝当拐杖，找近路开走，一试之下，沙石滚动，只得作罢，看来前人开辟出来的道路还是最稳妥的。第 14 道弯，为 2500 米处，在此穿透树枝可以更近距离地看到雁梁子。大雁才能飞过的梁子，可见山的陡峭，因此登到此处不使出当年红军过雪山草地的劲头还真是不行。到第 20 道弯时，力气仿佛要用尽了。停下来休息时，回望来路的乱渣沟在太阳与云的笼罩下时阴时阳，碗架子石、映山红等各色花草都被踩在了脚下。唱一曲“红军来，岭上开遍哟——映山红”振奋一下精神，然后继续攀登，终于绕过 28 弯到达雁梁子顶端。在雁梁子顶上向东北方可见壁立千仞的玉皇顶，向东南方可见连绵的群山夹杂着村庄以及连接着村与村、山与山之间的道路。

再行十来米，翻过雁梁子来到另一端，山的边缘地带有一更加形象的巨石。石表面光滑，状如龟，探头俯卧于山体之上，说是石，其实与山已经融为一体，分不清到底龟有多大，石有多宽。趴俯于石上向下探望，立刻感觉心里空落落的，没了胆量。人们给此处取名为“神龟探海石”，此处也是 3000 米休息站。取出带来的食物开餐，一是补充下体力，二是减轻负重，随后可以轻装前行了。

沿山脊折向东北行，顺着阳坡的山间小路，行不多时来到山间开阔地。在一处断墙上写着“太阳坑”三个红字。此处和别处的庙宇寺院遗址不同，断墙是和普通民居一样，由砖石垒起，水泥勾缝，有门有窗，从结构上可以看出曾经是住房，而且建筑时间不太久。不远处还有一个几平方米大的水泥围成的蓄水池，积满黑黑的水，水面上漂浮着枯枝败叶，水虽有些脏，但是站在池边还是可以看出倒影。用树枝探一下水的深度，有两三米深。没看到泉眼，按海拔高度和池的深度，池中水应该是存积的雨水。在此地还发现一个废弃的卫生间，说是卫生间，其实也就是用石块树枝围出来的简易茅厕了。

种种迹象表明，太阳坑曾有多人居住生活，那么又是什么样的人呢？带着这些疑问继续上行。这又是一段艰苦的路程，山路狭长而陡峭，时而需要真正的爬行。登山到此，是对登山者体力的极限挑战，而此时从山下带上来的水和食品已经吃喝得差不多了，水的可贵处就真正地彰显出来了。因为缺水，因为出汗，本来要四处寻找方便之处的感觉都没有了。

曲曲折折地在山脊间爬行，在喘息的间隙向四处眺望，美景尽收眼底，心胸也豁然开朗了许多。在一处岔路口向右几米处，山崖下有一水泥浇筑的山洞，山洞一共有三道门，深约 50 米，四周都是水泥混凝土修建的，洞底修有水泥槽和水泥板，门口处标记为 3500 米处。

回到岔路口向左侧沿着湮没在灌木丛中的一条水泥小路绕行大约 100 米，来到一个六七十平方米的平地。平地上有一条二三十米长、二三米宽的水泥跑道，像是小型的飞机场。跑道不是平板一块，上面有一条沟槽和两条稍浅的车辙。

在跑道的尽头山崖下又有一山洞。山洞从外面看，有将近三米高，洞口也是水泥浇筑，只有敞开的水泥门垛而无门。初进入里面，阴风阵阵吹来，让人心悸。山洞里面差不多有三米高，开始时宽三四米，四周都是水泥混凝土浇筑的。走了大约 10 米，进入第二道门，这时里面伸手不见五指，可容两人并肩而行。打开手电筒向里走，见到了第三道门，从第三道门向里看，一排水泥台阶一直通到手电筒照不到头的地方。攀爬 30 多个水泥台阶后，又进入一个平洞，这个平洞的左侧相隔不远有一个侧洞，侧洞是长方形的，里面看着像是一个房间。其中两个侧洞中还有向上的竖井，竖井上面能够看到微弱的光线。一共过了 7 个门，大约 135 米就可以看到光亮，走出来到达山峰的北侧。这个山洞从岩石山峰峰顶下面的南侧一直贯穿到北侧。

这座山峰是虹螺山众多的山峰中，高度仅次于玉皇顶的又一个主峰。南侧和北侧的洞口都距离峰顶五六十米。爬上峰顶，看到峰顶像一个小平台，岩石构成山峰的主体，山石缝中长满了灌木和杂草。还可以看到洞内两个竖井的出口。两个竖井直径大约 5 米，在距离峰顶大约 10 米的地方修建有隔断，隔断有孔径通到下面，竖井的水泥壁上还插有铁梯子。在峰顶北侧还可见到一块平洼地，上面放置两块如椅子样的石头，让人不禁猜想：“这是用来做什么的呢?”

在虹螺山海拔近 900 米的一座山峰的顶部，竟然有两个在坚硬的花岗岩中开凿出的人工山洞，而且不远处还有住房等一应设施，让人不得不猜测它的真正用途。在山洞里没有发现任何有文字记载的东西，也没有发现任何有价值的东西，但是从山洞的各道门只剩下了水泥门垛，以及墙壁上露出的锈迹斑斑的钢筋头儿和没有发现任何能够显示山洞用途的东西来看，这里明显是被人遗弃的地方。

虽然看上去这个有山洞的山峰和虹螺山的主峰玉皇顶遥遥相对，看起来距离不过三四百米，但是两个山峰之间没有明显的路相通，中间都是悬崖绝壁和茂密的原始森林，很多人试图从玉皇顶走到这座山峰寻找传说中的山洞，但都因迷路无功而返。当地也有人称这一段路为天桥。

从山洞北侧向右一拐，顺着阳坡的山崖边缘向玉皇顶攀登。在这里因为山的阻挡反而看不见近在咫尺的玉皇顶。此时前面提到的二愣北沟等都被踩在了脚下，顺着正对着的一条无名沟隐约可见天然寺的位置，更远的地方黑灰色的尾矿库隐藏在连绵的群山之间，而西南方向可见女儿河穿过村庄蜿蜒流向远方。

前行了200米左右，抬头可见山顶上的树木，再行100米左右翻过山梁由阳坡转到了北坡。立刻，松涛阵阵，北风送爽，满身的汗水一下子变得透心凉起来。在松林中穿行四五百米来到玉皇顶东面的台阶下，咬牙坚持着，如老太太般一步步拾级而上。终于，从天然寺出发，行程4500米，历时3~4个小时，我们到达了900.8米的虹螺山主峰玉皇顶。

3. 响水河—涌泉寺一线

据现存的古碑记载，清代初期，有位名叫刘德泽的人中了举人，因此他所居住的村子被称为刘举人屯。刘举人屯的人到一片乱泥塘和杂木林的地方垦荒落户，形成了村庄。此村离大虹螺山最近，山洪暴发时，山石滚动，可清晰地听到水声震天响，因此村庄取名为响水河子屯。最早在响水河子屯落户的刘姓人，迄今繁衍了12代，按年代和辈分推算响水河子屯有300年的历史。响水河子屯前那条沟是垦荒人在跑雨时用犁杖拉的一道沟，至今还有人将这条沟叫“一犁沟”。山上的泉水汇集成溪，灌溉了农田和果园，绕过路北的响水河子屯西的“一犁沟”，经刘举人屯、八百垅进入女儿河，最后流入乌金塘水库。

如今，响水河子村是几个自然屯的总称，而响水河子本屯与大虹螺山之间被一条省级公路隔开。

沿着公路前行，过大枣批发市场向左拐入一条乡间小路，路口牌子为“涌泉寺”。初时为农家果园，再沿着当地人口中的岔沟前行，一进山便是头道沟，从沟口进山，空谷幽幽，溪水潺潺，槐树成林，火石遍野。槐树林中白花悬垂，香甜扑鼻，引来无数蜜蜂来回奔忙。火石岭上巨石横铺，平坦而光滑，拾起两块石头用力摩擦，或者用一块石头扔向另一大石上，立刻会擦出或溅起点点火星。相传在巨石之上，曾经矗立着一块长三十九

米的大牌坊，上面用隶书镌刻着“虹圣九寺”四个如斗大字。这座巍峨的牌坊向人们展示出虹螺山的威严和遍布在虹螺山各处九座寺庙所代表的浓厚的宗教文化气息。

沿着山路继续前行，便可看到松树林取代了槐树林。曾经有两株高大的松树傲然屹立，像两位武士把守在道路两旁，它们恪尽职守，威严肃穆，如要检查人们的通行证，因此人们称其为“虹螺山门”。“山门”虽然历尽沧桑，但“野火烧不尽，春风吹又生”，一棵松树倒下了，千万棵松树生长出来了。

牌坊和山门的存在说明响水河子一线为虹螺山正门。

从“山门”往右，钻过荆棘丛林，可见一处重要的文物古迹——王殿遗址。据说，高句丽哈密王曾经居住在此，王宫的围墙和宫殿内墙残基犹存。在宫殿附近，有一个墓碑碑座，上面雕刻着莲花瓣，墓已被掘，墓碑也不翼而飞，因此无法考证墓主人的身份。人已亡，殿已毁，唯有“王殿沟”（王定沟）名字流传了下来。

从王殿沟向上便是“胡仙洞”，人们说这是仙女们的敬仰之地。这是虹螺山自然形成的溶洞之一，如这样的溶洞虹螺山上有很多，曾有大胆的探险者带着十封蜡烛前往，结果，蜡烛燃尽了，也没有走到洞的尽头。

在王殿沟的左侧，1954年曾经修有一座庙，当地人叫此庙为上庙，称灵泉寺。因为头道沟口还有个下庙，称涌泉寺。这两座庙有碑记载是经一个名叫大雾的和尚化缘修建的。寺院佛像雕塑得形象生动，可谓匠心独具，价值连城，今人难以复制，可惜被毁于一旦。

据响水河子村的老人讲，有一件一辈一辈传下来的关于修庙的大雾和尚修仙成道的故事。相传有一天大雾和尚骑着毛驴向东走，在途中遇上一位从东边相对而来的响水河子屯的人，名叫刘建。大雾和尚对刘建说：“我把锁放在窗台上了，你告诉我的徒弟，别让他进不去屋!”等刘建到庙里去送信，方知大雾和尚已死，徒弟正给大雾和尚办理丧事，而那锁确实还在窗台上。在场的人听刘建说了此事经过，都愣住了。后来有人悟道：这是大雾和尚修成正果之后，真魂骑着毛驴走了，将肉身留在了庙里。

顺着岔沟的山间小路前行，虽然路的表土被洪水年年冲刷去露出了石头，但此路坡度较缓，路基较宽，若稍加修缮，乘车上山还是较为方便的。若是步行，大概四十分钟可以到达位于头道沟口的中心景区——涌泉寺。

重新修建的涌泉寺，坐南朝北。站在寺前台阶上向北眺望，有三座山峰组成了一个金元宝的形状，人们习惯统称之为元宝山，透过郁郁葱葱的元宝山，乌金塘水库清晰可见。寺庙台阶下一股清澈的泉水不间断地哗哗流淌着，泉水清凉可口，是真正的矿泉水，现在已经投入市场。涌泉寺因这自然涌出的泉水而得名。

保留在原处的功德碑和雕有动物头像的残存的碑座向人们述说着涌泉寺的历史，用泉水浇灌的碧绿的菜畦向人们展示着纯绿色食品的诱人魅力，微风里传来的山野清新的空气沁人心脾，明媚的阳光下不时传来的鸟鸣给人们送来吉祥的信息。在这里，人们感受着超凡脱俗的轻松和恬静，在这里，人们体会到返璞归真的惬意和乐趣。

涌泉寺背后的山峦上长满了松树，其中一株高有50米，两人合抱尚不能围拢，主干笔直，枝丫如伞，在松林中给人鹤立鸡群之感，因此人们称它为“大树王”。相传是一位和尚所栽，树龄已有1800多年。这棵千年树王，笔直地挺立在进山的路旁，因其高大，很少有人上去过。相传，曾有一位驻军工兵用绳子把自己悠了上去，并砍下一松枝用以证明。

沿着头道沟的山间小路继续上行。初时是向南行，透过树林可见东南方向的一处山顶上，有一酷似猴子的山石。这猴石的神奇之处在于，当你用单手推它时，它会微微颤动，而当你用双手推它时，它反而纹丝不动了。好奇之人往往会不顾旅途劳累，千辛万苦也要爬到跟前一试。

遇一山间溪流向右拐东南行，在北面的山坡上，可见一块天然的花岗岩石突兀而出，纵然是越长越高的植被也难掩其光可鉴人的大肚子及光光的和尚头。面对如此活灵活现，呼之欲出的景观，人们不得不惊叹大自然的鬼斧神工，不得不异口同声称其为“弥勒佛”。

如果早晨九十点钟登到此地，抬头向正前方远望，只见在太阳光辉的笼罩下有一处山峰，恰似一只行走在天边的骆驼。两个高高的驼峰因为阳光的照耀时而清晰，时而迷蒙。一阵风吹过，人们仿佛听到远处传来了驼铃声，“骆驼峰”也因此而名副其实了。

过了“骆驼峰”后，不多时，沿路向右拐个直角弯折向西行。穿行在由荆条和松林夹道欢迎的林荫路上，从路边可见一处宅基墙址，据说这里早些年有村民居住在此。

再左拐向南行。路边开满了不知名的各色野花，路边的野花不要采，只需近前嗅一嗅，闻一闻，立刻清香满鼻，疲劳稍减。在左侧靠近路边的山崖下发现一处泉眼，泉水从草木覆盖的岩石缝中钻出，让人只见流水不见水的源头。在右侧路边有一棵较大的核桃树，如果来得正是时候，会看到如孪生姐妹般相依相偎在一起的果实，包有一层绿绿的平滑外衣的核桃，让山外的人不由得猜测是梨，甚至有人还想到是南方生长的猕猴桃等，根本不会与坑坑洼洼、黑乎乎的核桃联想到一起。透过核桃树望向右侧有一条深深的沟谷，沟谷对面的山势俊美，杂草树木也无法完全遮挡灰白光亮的大石。石头与树木就那么相依相伴着，是那么的和谐自然，让人忍不住要驻足观看，但又无法用语言来形容到底看到了什么，听到了什么。也许当暴雨倾盆时，流水与石头演奏的交响乐才能够让人们感受得到来自于远古的呼唤吧！

从涌泉寺沿着山路蜿蜒上行，这段路虽然崎岖，车难行，但坡度并不大，人行其间如在林荫路上漫步畅游，行约 4 千米，便会到达一处较为宽敞的地方。这里遍地是花岗岩，不仅峭立如林，而且硕大无比，早些年，这些取之不尽的上好石材吸引人们将这里变成了采石场。

许多石匠看中了石场中间横卧着的一块有三间房子大小的巨石，想尽办法并且打了许多钎孔，也没有人能将其劈开，这块巨石人称“老母脚石”。相传十万八千年前，老母送子来到虹螺山，她领着子女们熟悉了地形地貌，便对他们说：“玉皇大帝要你们到人间繁衍，你们可以男女婚配，享受人间真情，造福天下苍生。”这里传说中的“老母”即观音。

如果走得累了，随便寻一块无处不生风的花岗岩歇歇脚，做个深呼吸，新鲜的空气立刻沁人心脾，人也马上会凉爽下来。如果走得渴了，从老母脚石向西北行走十几米，就可以来到“冰坎子”喝上几口真正的矿泉水了。这里的泉水，夏天流出来受外面的热气流冲击，水温能从 0 度上升到 10 度；冬天的泉水流出来受外面的冷气流冲击，水温从 10 度下降到 0 度左右。由于温度的骤然变化，此处常有水汽蒸腾，缭绕不绝，如仙境一般。如冰坎子这样的泉眼在虹螺山中可能有很多，水汽积聚在一起，形成浮云，在夕阳的照耀下才形成了“虹螺晚照”的奇观。

从冰坎子再向西北行走几步，就可以看到两个在“备战备荒”的年月修的国防工事，人们习惯地称其为“大、小兵洞”，两个洞口处都用红字写着 186 军标字样，因为时事的变迁，兵洞早已经失去了国防工事的价值，现在被当地人变成了“万佛洞”，香火不断。两个兵洞互相连通，据说冬暖夏凉，是居住佳地。两个洞口裸露在山体外，如卫士的眼睛监视着上山的人。洞口前是由从洞里拖出的碎石礁堆成的碎石丘，与老母脚石相接。

从大兵洞往西，便是燕窝沟。据说当年此处的悬崖峭壁上垒满了燕子窝，燕子惊飞时，铺天盖地，沟因此而得名。当地人形容“当燕子齐飞时连天上的太阳都看不见”，想必是真正的遮天蔽日了。

在燕窝沟南面的崖顶上，还有一处奇特的岩石，极像中国家喻户晓的神话中人物——罗汉化身的济公头像，尤其是最上面，像精心制作的两头翘的济公帽，鬼斧神工，浑然天成。济公原是天上伏虎，一次与众仙打赌，若在凡间一个时限内令三名凡人肯为他牺牲便为胜，否则重受轮回之苦。伏虎来到人间皈依我佛，叫济公。他首选三人，一个为被上天所罚的九世乞儿，一个为妓女，一个为杀人的大盗。在济公的机智安排下，四人建立了很好的关系。两男被济公感化，那名妓女则情深意切地爱上了济公。然而济公不能接受凡尘之爱，为让她死心，济公令肉身假死；谁知痴情人闻济公死讯后竟然投河自尽。济公由此感叹人间之真情，遂放弃了小乘修为，留在凡间。济公原名李修缘，系“罗汉转世”，二十七岁时在杭州灵隐寺出家，无独有偶，虹螺山也有个灵隐寺，这位在人间惩恶扬善、治病救人，老百姓视为“活佛”的南宋高僧，说不定曾云游到过虹螺山呢！

走到燕窝沟的尽头，进入了一个坐西朝东的山坳，山坳中阳光明媚，鸟语花香，是天然的避风港。院落为两层，中间有人就地取材，用大石垒有石墙。在下面一层，可见枝叶繁茂的树木不仅长满院子，有些甚至长到了山崖上。透过树枝，西北角两块巨石间隐约可见一片蓝蓝的天，以为那就是一线天了。及至上到第二层，站在中间的树荫下环顾，才知道西北角的两石间的缝隙较宽、较短，而且两块巨石并不是从上而下完全分开，下面还有十多米高的连接处。冷眼一观，以为连接处并不陡峭，当试图攀登时才发现如在攀岩，不是身手敏捷的青壮年很难攀登上去，因此，当地人给此处取名为“天梯”还是很中肯的。

从岩石的缝中观看蓝天，称为“一线天”，又名“一字天”，一线天景观在我国各大名山景区多可见到。按照这个定义，正北处应该是大虹螺山真正的一线天。但见岩石就像是利斧劈开一样，裂开一罅，两块岩石不是完全地平行而立，而是外宽里窄，底部最宽处不满三尺，只容一人进出，最窄处相去不足一尺，纵深长二三十米，高二十余米，从直上直下的岩石缝中漏进天光一线，这就是令人叹为观止的一线天。联想到流传在虹螺山一带的传说，不禁想：“这一线天不知是虹螺女用绣花针拨开的还是二郎神搬山时震裂的?”

小心地进入到石缝间，抬头仰望，顶部有石头卡在中间，初时以为是一大块石头，仔细辨认才发现有多块碎石，更以为奇怪。其宛如跨空碧虹，飞来仙石，看似摇摇欲坠，实则根生千年，人们习惯地称之为“飞来石”。走到石缝最窄、最深处挤身向下探望，悬崖峭壁，万丈深渊，让人心惊肉跳，望而却步。

从原路返回到老母脚石前的开阔地带，在一棵松树的东面挂着一块木牌，上书“鸡猴对话”。顺着牌子将目光看向东面，山梁上，远远望去，左边一堆石头组合成了一个坐着的猴子的形状，而右边的一堆则神似一只昂首直立的公鸡，鸡和猴子相对而谈，似乎在争辩着什么。山腰间，一块光滑如镜的大石挺立着，人们称之为“大瓶大镜”，传说是虹螺女梳妆用的。山脚下，二道沟与三道沟在那里交叉处有一块平坦的地方，远远看像一块大手帕铺在地上，传说这是虹螺女打扮之后歌舞的地方，人们称之为“大帕子”。

三道沟的南面为“南阴子”，传说是虹螺女歌舞后歇凉之地。

三道沟的正顶北侧堆满了碎石，遇有风吹草动，碎石就哗啦作响，像盆碗磕碰的声音，人们称之为“碗架子”，传说是虹螺女用餐之地。而离此地不远的“南台子”则是虹螺女饭后散步的去处了。

三道沟的正东是“掉帕沟”，有一个说法，那里树木参天，藤萝缠绕，远看，那些成片的奇花异草就像花手帕掉在了树林里。还有一说法，那里树高林深，不仅怪石挡道十分难行，很少有人过去，而且还是狼群繁衍的狼窝，传说虹螺女用手帕吓唬狼时将手帕掉在了那里，因此称其为“掉帕沟”。

三道沟西侧是“红榆树沟”，满沟的红榆树，树上长满了一串串的红榆果，传说这里是虹螺女摘山果的地方。如果人们在金秋时节进山，随手摘下几个榆果放入口中，榆果味道酸甜，口感极佳，吃后使人感觉疲乏稍减，登山的脚步都加快了许多呢！

从老母脚石向南沿着三道沟西侧的丛林，虹螺山的护林员和驴友们开辟出了一条从北坡攀登主峰玉皇顶的道路。进入林中，沿着时而灌木丛，时而乔杂木，时而松林的林荫道一路上行。遇有转折及岔路口，护林员们或在脚下的山石，或在树桩上留下了红色的箭头来指示方向。而此处的风景，真是“林深不知处，只缘身在此山中”了。

也不是完全的没有风景，在灌木丛中行进时，偶一环顾，透过枝叶，目光立刻就被左侧的一处山峰吸引了。“孔雀峰！”所有看到的人都异口同声地喊出来，没有任何的疑问。只见巨大的山体，细巧的峰尖，犹如一只孔雀即将开屏。那山体覆盖着的松柏，像孔雀的羽毛，后部还拖着长长的尾巴。如果走近去看，峰崖上还长着几棵造型优美的树木，如同孔雀头顶上的花冠，这些景观使整个孔雀峰生气勃勃。大胆地想象一下：也许在很久很久以前孔雀东南飞时，途经虹螺山，正好口干舌燥，就飞落下来喝女儿河的水，由于女儿河的水甘甜爽口，虹螺山美丽多姿，这只孔雀被这山水所迷，就不想飞走了，这一留就是几千年，变成了如今的孔雀峰。

走进丛林，虽然不能将远处的风景一览无遗，但对于山中动植物的感受却深刻起来。摘些可吃的野果充饥解渴，踩踏着满地的橡子果忆苦思甜。如果说对于植物的这些认知是缘于好奇，那么对于来自动物的发现却让人惊惧了。树根下一团带血的动物羽毛和草丛中一段干枯的蛇皮都充分说明了虹螺山中拥有着飞禽走兽和爬行动物。

据说有个真实的故事。头道沟的上庙又称灵泉寺，庙里有位雇工叫一百钱。这个一百钱每天负责看家、护禽、喂狗、关山门等琐事。

每天他都见到一条巨蛇等待他给送食物。他天天喂蛇食物，一天，突然下起了大雨，山洪暴发，庙前的小河被独角龙给横住，像一道大坝将河水拦住，水面猛涨。一百钱发现水高到能冲击庙宇了，便请求住持大雾和尚，只见大雾焚香叨念几句，那两条独角龙就缓慢离开河道，水势由急渐缓，免去一场灾难。此后一百钱再也看不到他喂的那条蛇了。后来，有人看见从大瓶大镜后边出来过一条大蛇，爬行时将一片片的灌木丛压出了一道沟。

关于此类的传闻还有许多。有位打柴人，正在山中打柴时，突然听到奇怪的风声，回头看时只见一条大蛇随风声而去，吓得打柴人急忙跑回家了。合作社时期，社员曾在山脚下的十二亩地上发现过蜕掉的蛇皮，直径足有七寸。有位老农，亲眼看见过大山雕与巨蛇激战，山雕用大翅膀切割大蛇，大蛇用甩尾拍打山雕。由此可见，山中是有巨蛇的。

由北坡登顶，因为林深草茂，前后两人相隔几步往往就只闻其声不见其人，因此此处适合十人以内的小分队行动，但又不能一两个人行动，万一有事，人多了也好互相壮胆有个照应。

顺北坡一路向上，直登到岭，在林下一较开阔地带有两块大石，一卧一立。卧石，头尖尖指向东南，背上还有一块小一些的石头；立石，下宽上窄呈梯形，高三米左右，表面平滑，有多处断裂缝。或坐或靠在两块不知名的大石上休息片刻，我们起身顺山脊折向西行。

再往上是顺着“一肩担”西行，这“一肩担”相传如一个人通过此地时，只能用左肩担着东西方可通过，用右肩担着东西就过不去。“一肩担”上边是“牧场”，“牧场”南边是“驴槽沟”，人们说这里是天马食宿之地。这些地方都如仙境，险要处一般人是不能随便行动的，而最险要的地方莫过于玉皇顶下山前沟前的“阎王爷鼻子”。在此间险要之地顺着山脊折路而行，登山已经变成了真正意义上的爬山，前后两个人不能跟得太紧，稍有不慎就会使活动的山石滑落下去。

险要地带过去之后，行走在山脊靠北的树林中，突然清楚地听到“阿弥陀佛”的喊声，初时是一人在喊，后来喊声越来越多，并且在空谷中传来回声，“阿弥陀佛，阿弥陀佛，阿弥陀佛……”原来玉皇顶近在咫尺了。穿过设置有一石桌几个石凳的场地，来到了灵隐寺方向上山的看护房前，再向左拐走九十九级天梯就能登临玉皇顶了。

4. 南荒地村—伽蓝庙一线

沿着葫芦岛至张相公乡的乡级公路，经沙河营乡，车行半个多小时，穿过大小虹螺山分界的夹道沟，行不多时，便来到大虹螺山东麓的张相公乡南荒地村。南荒地村是一个拥有不到七十户人家的小村落。整个村庄依山傍水，风景秀丽，人杰地灵，民风淳朴，与不远处的北荒地村遥相呼应，是连接大小虹螺山的纽带和必由之路。村子虽不大，房屋却也排列整齐有序。

出村，抬头眺望右侧的山峦，只见光秃明亮的山石与或绿或枯的草木交织在一起，层峦叠嶂，高低错落，引人欲攀。如果轻装攀爬到一处山顶，再从北荒地村下山，应该是不错的登山运动了。在转折处的山梁上，可见一条直直的沟壑，沟两边的岩石与沟内的杂木形成强烈的反差，如被大车碾压出来的一样，当地人称之为“车辙沟”。

村头有多条上山的小路，穿过庄稼地，跃过即便是在枯水期也水清而有鱼的河套，进入山金沟（三进沟）。走出果园，向西开始进入东西方向延伸的沟谷地带。行进在一片松林中，路边左面有一块圆球状的岩石，不知何人何时将上面的半球削去了一半，形成了一个“石椅”。地面离椅座有一米高，成年人只要扶沿一跳即可坐上去，可闭眼养神，呼吸一下山谷中的清新空气。

路右面不远处的松林中隐隐可见一块三角形的大石，因为形似鸡冠而得名“鸡冠石”。沟谷左侧是“小林荫子”，远远可见山的阴坡上布满松柏及各种树木。沟谷右侧整个山体处于阳坡，山石裸露，灌木杂草点缀其间，当地人称其为“小和尚帽”。远远地就可以看见山脊上有一块奇特的立石，初时很小，有外地的登山人将之称为“猴头”。待得走到近处从某一个角度看，又恰似一个耳、眉、眼、鼻、口五官俱全的侧面人头，而且人头的脑后光光的、圆圆的，再将整个山体组合在一起观察，极像一个光头和尚匍匐在地，抬头顶礼膜拜。

出了松林来到“山前沟”。这是一片较为开阔的地带，在这里可以享受大自然带给人的轻松和愉悦，呼吸一下山野里清新纯净的空气。站在一块被风雨吹洗得干干净净的大石上，脚前脚后聚集着五块大石。每块石头形态各异，大小不等，其中一块最为奇特。这块石头从不同的角度观察显现出不同的模样，从南面看，它像一座坚固的城堡，又像一匹高大的骆驼。它足有二三米高，底座宽五六米，上面似两个驼峰或垛口，凹凸有致。峰顶有多个窝窑，存有雨水，生有杂草，石体上还有像砖块大小的奇特的东西，化石般地镶嵌着，似花边，又似悬梯。从东面看，它活像一只全身披满手工编织物件的大象。

在东北方不远处，有一处两层的南北方向的巨大石棚。棚由一块块半圆形的大石组合而成，夸张一点说，远远望去宛如澳大利亚悉尼歌剧院的楼顶造型。棚顶与地面成 40 度角，外沿距地表一米多高，身高 1.70 米的人直立在下面也不会碰头。当地人习惯地称之为“南北炕”，如果躺在上面，享受一下天当被地为床的日光浴也真是惬意无比呢！

在南北炕的上方，灌木丛中蹲伏着一只巨大的蛙石。你看它的两侧有两个略微鼓着的小包包，极像它的耳膜，仿佛一只林蛙正在倾听着周围的声音，伺机而动。

放眼望去，整个开阔地带被这些或大或小，或立或卧的奇特山石包围和覆盖着，任人联想和游玩。如果你是初到此处的现代人，你一定会惊呼："瞧！多像进入太空的'宇航员'！"那帽子，那背包，那在阳光的照耀下呈现出的灰白亮色，那仿佛融入蓝蓝的天空，又似在太空进行对接的一切，都让人不由得异口同声地称为"宇航员石"。但当地人称其为"大砬影"，指其起着"日晷"的作用，概因在手表缺少的年代，人们观看太阳照在大石砬子上的影子就可以判定上工、收工的时间了。据说，当年荒地村的生产队长看这个最准，准确到和家里的挂钟只差十几分钟呢！村人又因那大石砬子光光的头而将整个山体称为"大和尚帽"。

对面的山尖，又是另一番景色。如蘑菇状的石头层层地堆积着，远远地看就像蘑菇长在了石缝间。如果与"宇航员石"一起联想，那慢慢升起的蘑菇云就形象而生动了起来。在"蘑菇石"的南侧下方有一处断裂的痕迹。相传南荒地村有一位老人，曾经亲眼见到那块石头掉落时，冒出的一股白烟化作一匹白马驹，腾空飞奔，沿着山谷向小虹螺山方向跑去，转眼间不见了踪影。

"无限风光在险峰"，有驴友在正午时分登上蘑菇石，顾盼间奇迹出现了："咦？怎么太阳落到了脚下的山顶上了？怎么山顶上还有一面大镜子?"等定睛细看，原来是稍低一些的对面山顶上因不知多少年的滴水穿石，形成了圆坑，接住了雨水，当太阳和水坑在一定的角度时，就亮亮的如一面圆镜反射出耀眼的光。富有想象力的驴友，用手指圈成一个圆，于是硕大无比、光芒万丈的太阳，就缩小成为一面镜子而握在了手掌间。

收回目光，跳下大石，继续前行。从左侧远眺，河床彼岸是与小林荫子相呼应的"大林荫子"。向前紧挨着的是"大牛圈"，和小牛圈不同的是大牛圈的山窝中生长着枫树、"拖吧"等枝叶鲜艳的灌木。在深秋的风里，这些枫树灌木给牛圈增添了一抹色彩，引人驻足。而大牛圈的山坡上杂草与山石参差叠垒，层次分明如人工城墙，整个山体呈辐射状向下扩展，山顶有一块突出的大石立在状如烽火台的石堆前，居高临下，大有"一夫当关，万夫莫开"之势。

在大牛圈的环抱下，河谷及窄窄的山路拐过一个胳膊肘弯，略偏向西北方向，那里便是头道沟的沟口，俗称为“头道门”。看这里的地势，绝对是兵家必争之地，虽然地方志中没有明确的记载，但可以想象得出，假如在此伏击，一定会大获全胜。头道门的重要标志是“鹰嘴岩”，此石从三面观之略有不同。从入山方向看，如拱土觅食的猪；从下山方向看，似头大如斗的河马；从正面看，由四块石头组成一只蹲守路口的雄鹰。尖尖的鹰嘴直指天穹，脖颈处的石缝中有几棵小树和杂草点缀着。两翼向下张开有 120 度角，两翼间夹着一块垂直的条石，表面微鼓如鹰的胸膛。四块大石的连接处有一较大的缝隙。据当地百姓讲，在战乱时，鹰嘴岩的缝隙里能躲藏三四个人呢！或许是感恩于鹰嘴岩对人们的庇护，在岩石脚下竟然还有人上香祭拜。在路左侧鹰嘴岩对面的草丛中，还有一大一小叠在一起的石头，本来不知道像什么，既然在鹰的附近，又略小些，那么就称其为“雏鹰”吧！

大虹螺山这一线真的可以说是一步一重天，每条沟都自成一体，在这条沟是看不到另一道沟里面景致的。过了头道门向北进入头道沟。在右侧有一处山石最吸引人眼球。它上面由三块立石组成，中间一块较宽，顶部呈半弧型，旁边两块对称摆放着，顶端略呈 V 字形。它的下面由一层层平行着摆放的卧石当基座，基座最下面掩没在灌木丛中，分不清具体有多少层。冷眼一看，此处山石极似椅背，当地人称为“八仙靠椅”。无独有偶，附近还有几块山石不仅远观形态各异，而且如果攀到上面会发现每块大石上都有多处凹陷进去的窝窝，大的可以容纳一个人坐进去，当地人根据八仙的传说又把此处称为“八仙谈经论道处”。“八仙”，是我们都熟悉的道教神话传说中人物，他们是铁拐李、汉钟离、吕洞宾、何仙姑、张果老、曹国舅、韩湘子、蓝采和八人。

大虹螺山东面一线是峡谷地带，山路两边遍生着被当地人称为“苦榴子”的柞树和枝杈似鸡爪子的灌木，景色美且奇，是连接大、小虹螺山与

外界的出口。景色虽奇美，但确没有像南、西、北面那样建有规模较大的寺院，也不是没修过，概因兵荒马乱的年月这里是多事之地，修建的庙宇大都被破坏，没有保存下来，一处古庙台的发现就是例证。在头道沟的中心地带，沿山路右侧一道石头堆出的台阶，来到一个直径五米左右、表面平滑的圆台上。在圆台北面建有一座半人高的水泥小庙。据说进山的人到此磕头祭拜一下，再登山爬坡就会不累了。在平整的圆台东面，发现两个方方正正的石窝，一看就是人工打磨出来，据介绍说是钟的两根支桩的基座。俗话说："当一天和尚撞一天钟。"有钟的地方，应该是建有寺庙的，因此称这里为"古庙台"。

沿着古庙台西侧寻路向上攀登到一个高岭，当地人称其为"堤岭"，站在堤岭上整个头道沟尽收眼底。北面是代表着大虹螺山标志性的石头——"大碑石"。大碑石位于北面的山顶上，高高地独立着，远远望去，如一块人工打造的石碑。有勇敢的登山者来到了大碑石的近前，只见此石面西而立，高额、大眼、阔下巴，胸宽体壮，肩似披铠甲，威武雄壮。虹螺山人把它当作神石，遇有天灾疾病，往往求助于此石。东面除了可以远眺八仙椅之外，在东北面的山坡上还可看到左右两条匍匐在山体上的鱼石，私下称之为"双鱼石"。南面有一条长长的沟壑从坡上直达山底，整个山顶在阳光的照耀下，似真似幻。在堤岭的南端有一块大石，前有头，后有尾，顶上长五六米，宽一米左右，极似"老牛背"。西面一条天然的南北方向的石墙挡住了去路，中间还有一个豁口，似一个带垛口的"关隘"，下面是山体断裂处，无路可走，只可遥望西山上的"灵龟石"。

从原路返回到古庙台，下到山路上继续前行。此时山路从河床上的一块平板的大石上拐到河的左岸。河中的大石当雨季河水暴涨时隐到水下，淡季时水从石缝间流过，冬季石面上结有一层薄冰，十分光滑。河水四季不断，清凉甘冽。

河左岸的山路紧贴着山崖，山崖最窄处便是二道门。二道门的标志是左边山崖顶上一块突出的大石，如乌龟伸出的头，人们称之为“寿龟石”；右边河岸上蹲着一只巨大的癞蛤蟆，头朝下，似在河边饮水，称之为“蛤蟆石”；在蛤蟆石旁边的河道中间，一块平平的大石横搭在乱石之上，形成一个天然“石棚”，枯水季节它就像是一个天然的房屋，1.5米左右的成年人进到里面稍弯腰即可。石棚内有多条光线可以照射进来，在棚内形成了“小一线天”和“小夹扁石”。

过了二道门进入二道沟中。行出十多米回头看，寿龟石处的山顶又恰似一只展翅欲飞的蝙蝠。

二道沟南坡是一片杂木林，生长着多种珍贵的稀有树种。有珍稀的黄玻璃树，此树有抗毒、抗菌作用，是制作家具的上好木材。此外，当地人称之为“暖木”，用它制作的农具把握着不凉，而且木质优良，遇到磕碰出坑，用水一抹即平复。还生长着椴树，椴木蘑菇是生长在树干上的，味道极其鲜美。还有枝干上星星点点如秤杆的“秤杆树”等。

二道沟南坡顶上还有一段古城墙，墙体用碎石垒成，宽两米左右，城墙将两座山峰间的低洼处连接在一起。此墙是何人何时所修，是否为辽东长城的一段还有待考证。而在城墙上方的山顶处，有一块特殊的山石，形状似一位将官坐在太师椅上面南进行训话，也许是位文官在随军督战吧！暂称其为“将官石”。

顺着右侧的“双叉北沟”折向西北方前行，此时完全是行进在河谷左岸的林荫山路中，天然的大氧吧和两岸的风景使人忘记了山体微微的坡度。行不多时，透过浓密的树枝，隐约可见右侧山峰上奇特的山体。见者都会忍不住脱口而出——“五指峰”。只见山峰顶部一顺边地排列着似脚趾又似手指的奇石，指中有指，也数不清到底有多少指，肯定不仅仅是五指。指头尖尖，大小不一，形状各异，悬空而置，让人怀疑是不是仙人们赤脚来到虹螺山中享受人间美景。

继续顺峡谷而上，山路上常有低矮的灌木、长藤、花草伸到脚下，时

而也会看到人工铺垫的石板路。路窄处，经过的登山队员们只能鱼贯上下，偶有超越时，需得闪身避让。行走时，需全神贯注，累了休息时，偶抬头向左侧山峰瞭望，有一处被当地人称为“鹰砬子”的峰顶，在阳光下，朦朦胧胧，高入云天。在人们的印象中，此处大概只有老鹰才能飞得上去吧！

大多时候右侧的河床时宽时窄，在雨季，石头被山洪冲击着顺流而下，会发出轰隆隆的巨响。在枯水期，白花花的大小不等的石头摆满了河床，更加映衬出两岸的树木花草、山峰怪石的奇伟俊秀。站在河床上，遥看右侧的山坡，细心的人发现了一条土质特别的山脉，此处土质泛黄而稀松，隐隐有层次感，似一条“土龙”在山坡上蜿蜒着。在土龙的右边，人们还会看到一只依附在山体上的“凤凰石”。它曲颈扬首，羽翅如披，飒然飞举。龙凤是相伴而存在的，一个是众兽之君，一个是百鸟之王；一个变化飞腾而灵异，一个高雅美善而祥瑞；两者之间美好的互助合作关系建立起来，便龙飞凤舞、龙凤呈祥了。

从一条五六米长的青石板上过到河右岸，沿着一条有着明显人工修缮痕迹的山路拾级而上，来到一层平台。右边可见一座倒地折断的石碑，无法考证此碑的来历。左边正中有一棵独立的松树，此树树龄有七八十年，树皮呈螺旋状向上，有人称其为“转运树”。如果到此之人摸摸此树，再围绕树转上几圈，据说可以时来运转，心想事成！再登十多级水泥台阶上到另一层平台，可见一座庙，当地人称其为“大蓝庙”。正疑惑此庙名称的由来，及至绕到庙的右侧，可看到一块高高耸立的大石，侧面观察，极像一位身披铠甲的将军，更似千余年来极受国人敬重的英雄人物，佛教寺院护法神的伽蓝神——关帝（关羽）。大蓝庙下是天然石棚，棚内百姓供奉有数尊佛像。石棚突出的部分就似一个龟头，而整个大蓝庙上的山体似托置于龟背之上。

从“伽蓝神石”再向上，山顶上一棵松树下建有“玉帝庙”。这里是一处天然的观景台。西面太阳的逆光中，似真似幻地排列着七座山峰，称为“七仙女峰”。肉眼观看，每座峰顶都各具形态，而第五座山峰顶犹似仙女。七仙女峰是连接在一起的，如果你是勇敢的登山者，可以沿着七仙女峰的山脊直达主峰玉皇顶。北面的山顶上，可清楚地看到面东并排坐着的“夫妻石”。不远处一只仰头张口回望的“啸天石”似在狂啸。东面的最高峰是峰顶形状如巨大的牛心的“牛心砬子”。

从玉帝庙下来，是一处平坦的避风处，杂草树木也难掩此处曾经有人居住的痕迹。在一块方形石上有一个圆圆的深坑，直径一尺有多，里面积满了树叶和雨水，用树枝一探，深有两尺。据当地人讲，这个圆坑叫“石杵”，当年庙里的和尚用它来捣米，每次能捣一升米。再向右前方，是一大片“瀑布石”，石头仿佛没有缝隙地、倾斜着铺开。夏季雨水顺石而流，石与水合二为一形成瀑布；春秋季节，少量的流水使得石上长有青苔，虽有些光滑，但在干爽的地方可攀爬而上；冬季雨雪成冰，石面光滑而晶莹。

再向西北行进，山势开始变得陡峭，向右行绕过夫妻石所在的山峰进入“狼牙沟”。这里是茂密的灌木林，树木与老藤互相缠绕，花草与枯枝败叶相伴而生。偶想攀住枯树借力，却将枯木连根拔出。有的枯木也不是完全没有了生命力，在横倒的枯枝上又长出一排新的枝叶，如篱笆墙一般，给人“枯木成林”之感。虹螺山当地人很少进入此沟，大概因此处树深林密，常会有狼群等野兽出没。多年前人们经常会听到狼的号叫，进山打柴的人还发现过狼牙，此沟因此而得名。

向右侧朝东北方向行进，当地人称这里为“乙圈沟”，驴友们称这里为“迷宫”。可能是在迷宫中转迷了方向，误打误撞地让驴友们发现了大深沟中的“虹螺峡谷”。峡谷在被当地人称为“黄坡沟”的半山腰处，海拔七八百米，两山在这里如刀劈斧削般断开，形成长约千米，高有百米，宽十余米的峡谷。站在谷底向上望，天只有窄窄的一条，如坐井观天般只

看得到不时飘过的云朵。垂挂在壁顶上的树枝和岩石缝隙，让人们有种直接攀爬上去的渴望，尝试结果是无功而返。及至迂回着，登到山顶，向下探身，恐高的人一定会眩晕，穿行在其间的人显得那么的渺小。峡谷阻断了这一段登临玉皇顶的山路，但却让山有了通透感。天气晴朗时，站在峡谷的东端，南可看得见大海，北可望得见大湖（乌金塘水库）；站在峡口的西端，会情不自禁地把张家界与虹螺山放在一起讨论。

从大蓝庙沿着左侧的山路上行三百米左右，再攀爬几乎近70度角的陡坡。顺着山脊向西穿行，山脊上较开阔，时常有可供休息的林中空地。走过一道两块大石组成的“石门”，经过一段天然形成的石墙，踏上三十三级台阶，就从东面登上了海拔900.8米的虹螺山主峰——玉皇顶。

雨中漫步母亲河

连山河是辽宁省葫芦岛连山区人民的母亲河！她发源于区内最高峰海拔900.8米的虹螺山，流经5个乡镇，再经城区沿河公园注入渤海。

我家就居住在美丽的连山河畔。

连日来，天似乎漏了，全省持续地普降暴雨，一直到周六上午九点左右，雨才小了些，走到窗前，楼下和对面的街道上已成了汪洋，突发奇想：何不去重温一下儿时趟河的感觉呢！好友东篱与我一拍即合，相约五分钟后楼下不见不散。

经东篱提醒，我找了一件闲置了好久的绿色雨披。下得楼来，水已经进入了一楼楼道，并越过了两层台阶，差一级就要入户了，好在外面的单元门紧闭着，阻挡了更多雨水的倒灌。

打开单元门，雨水飘到脸上，眼镜立刻变成了水镜，看着成了汪洋的街道，不免生出丝丝退意。东篱已经带了相机等在楼下，我便不再犹豫，两人顶着雨，趟着水，向母亲河方向走去。

小区外的道路上，雨水已经将路面淹没，为避免车遇水熄火，司机们加大了油门，此时，汽车如乘风破浪前进着的船。车过处，两侧溅起高高的水花，水向两边涌动，一浪一浪地，在街区的栅栏边形成了浪花，此时，人行道变成了海滩。

母亲河前的抚民街因地势高一些，还没有积水，穿过去直接来到虹螺女广场。咦，只几日，怎么原本宽阔的广场中间多出了一个圆形的水池？不知是注入的水还是承接的雨水，池中水已经满得外溢，透过水面，隐约可见水下的管道，因此断定这是喷水池了。有几位花匠冒雨在水池边摆放花盆，盆中的花草在雨水的浇注下显得分外翠绿而鲜艳。

雨中的虹螺女，显得更加洁净而脱俗，摆个与虹螺女一样的姿势拍张照，似乎变成了人间仙女，于是心情便也跟着愉悦起来。

雨中扶筝的少女，还是那么专注而深情，径直走到一袭白衣的筝女身后，似乎要与少女同扶一曲，但又怕惊扰了少女的专注，犹豫间，被东篱抓拍个正着。雨水冲刷后，草地显得越发翠绿了，禁不住踩在“水草”上面，湿湿的软软的，心也跟着温软起来。不忍心再去踩踏这柔弱而坚强的小草，只在屠何国遗址及太平鼓的雕塑前拍张照，遗憾着没有穿彩色鲜艳一些的雨披，那样拍照会更加的好看，就离开了雨中的草坪。

连山河给人的感觉一直是很清爽的，很多人喜欢那儿，喜欢那儿的清净，喜欢在那儿的长条凳上睡一觉的感觉，很是惬意呢！而此时，雨中的长条凳上是清静的，在登子下面，发现了正在睡觉的蚯蚓，看来，大千世界时刻都能找到感觉呢！

我天天从连山河边经过，时刻感受着她的变化。树变粗了，花变艳了，草变密了，楼变高了，就连河中的鱼儿也变大变肥了。去年也是暴雨过后，河的下游有好多人去捉鱼。好多好大的鱼呢，曾经看到有人捉住一条足足有十多斤的鲤鱼呢！

见一棵树下围成了一个水坑，如孩童般将穿着凉鞋的双脚交替着伸进水里洗涮，丝丝凉意袭上心头。当带水的鞋子落地后，水还在顺着脚趾向外挤出，踩一踩，啪啪地响，摔一摔，水被踢出好远，恰巧鞋带开了，鞋也跟着飞出去好远。

赤脚向前捡回鞋子，这种赤足的感觉也是久违了，走在平坦的大理石路面上竟有一点点不堪受力，脚不自禁地弓着，想想多年前赤足走在家乡的泥土路上是如何走的呢。

有海鸥在头顶盘旋，一会儿又飞落到河边的栏杆上。不知为何，我和东篱不约而同地联想到了那在乌云翻滚的海面上飞翔的海燕，及现在流行的小品语："海燕啊，长点心吧!"

一路走，一路玩儿，一路笑。一阵阵水的咆哮声，掩盖了笑声，知道快到连山河桥的水闸了。前两天早晨上班前还在河边遇到前去水闸查看的连山河管理处的李主任，对河闸及河堤的安全性没有任何的怀疑。放心地快步走近前去观看，哇！好壮观啊！万马奔腾，浊浪排空，水花飞溅，有那么一瞬，疑惑是不是来到了黄河岸边。

捡一块石头扔进翻腾的河中，没有任何反应石头就不见了。想想都后怕，这要是人掉进河里，应该是什么样哟。

扶着防护栏上的铁索拍张照，顿生出金沙江上"金沙水拍云崖暖，大渡桥横铁索寒"的豪迈之情。

雨还在下着，河边观赏的人却多了起来。我和东篱离开河边返家，两个小区间的积水比来时更多了，好多小车都停在十字路口观望，几乎看不到车当船的情况了。回望连山河公园，咆哮的水被防洪坝拦截着规规矩矩地奔流入海，人们不用担心雨水会泛滥成灾，这雨水说不定还成了连山河上新的景观，将成为连山著名一景呢!

绕了一大圈子才进家门，手脚冰冷，全身湿透，却感觉不虚此行。

连山河，连山人民的母亲河，用博大的胸怀承载着滔滔洪水，暴雨中的连山河，好样的!

笔走庙子沟

庙子沟位于辽西葫芦岛市白马石乡地界，长八里，一条沙石小径蜿蜒其间，两边山青谷秀，林深草密，山不高却峻拔，草不长却茂密幽芳，内有青龙寺庙，这条沟便由此得名。

1. 清幽庙子沟

立秋前后，山花烂漫，一行人秋游庙子沟。乘汽车驶过宽阔的柏油公路，拐入石门子村界，穿行在新修的水泥板路上。路旁，新修的小流域治理工程的河道是一道亮丽的风景线，沿途不时有掩映在树木中的农家院落出现。近观之，山间坡地上被分割成一块块的大田，其间作物正迎风而立，间或也有果、菜栽种其间。山脚下一处处养蜂人的帐篷、蜂箱零星散落，时常能看见蜜蜂在来回奔忙。远望去，满目苍翠，不觉神清气爽。

水泥板路尽头处，穿过几户农家院落，一条沙石小路曲折向前。村人介绍说："从这里开始就算是进沟了，这里离寺庙步行大约半小时路程，汽车不好开进去了。"片刻，一行人分乘几辆电动三轮车向沟中进发。

车极颠簸，开始因担心安全，无心赏景，在驾车人再三的保证下，心情才渐渐放松，开始环顾四周风景。车行半小时，始达沟腹，青龙寺映入眼帘。这寺庙早年由某善信人士捐资兴建，至今还在不断修缮。寺内供奉有三尊佛像和十几尊道家塑像，每逢初一、十五，十里八乡的人们便会到寺中焚香祈福，庙内香火甚旺。

青龙寺后面有一洞窟，名为“青龙洞”，洞口处很宽敞，约有两层楼高，可同时容纳十多个人，里面则洞中有洞，洞洞连环，经由能一个人上下的小洞口可以继续向下进入到洞内十多米处。洞壁是不规则岩石结构，有水渗出；洞底湿滑，有暗红色的湿泥。洞内冬暖夏凉，舒爽宜人。青龙洞的名字由何而来，是否有“龙”居住还有待考证，假使这里真的有过神龙，也必定是被此处的美妙和清凉吸引而来的吧。

出得洞来，沿着清幽的小径缓缓前行，所见风景，无不赏心悦目。成群的蜜蜂、蝴蝶在花间飞舞；俗称“毛姑朵花”的白头翁虽已掩去了春日的笑靥，却依然用绿叶装扮着大地；“艾蒿”在人们吃罢粽子以后，还在用其特异的芳香驱赶着蚊虫；老人们用来编筐编篓的“荆条”原来并非干枯无味。小紫花，黄瓜花，驴龙草，益母草、野鸡脖子草……各种知名的、不知名的花草相互衬托着、掩映着、点缀着，观之心醉神迷，思之浮想联翩。

2. 厚重庙子沟

公元前16世纪，成汤灭夏建商。商朝疆域辽阔，国力雄强，对边远地区采取分封制度。连山区现在的孤竹营乡、白马石乡一带地区成为孤竹国属地。孤竹国为商王朝分封的侯国，国君墨胎氏，乃炎帝神农氏后裔，距今约有3000年历史。对此，我们可以展开想象的翅膀：有着白马王子美丽传说的地方在3000年的历史长河中会发生多少或绮丽或凄婉的爱情故事？或许，庙沟就是王子与公主约会的世外桃源？

村民指点说前面山腰处有一个高句丽人曾经居住过的山洞。问：“为什么高句丽人住山洞而不住房屋？”答：“高句丽人性懒散，不愿盖房，住所都是借天然石洞搭建。”真的是这样吗？

笔者曾到过吉林集安，看到过高句丽鼎盛时期的都城——丸都山城遗址和其地形地貌，刚入庙子沟看到村民所指高句丽人曾经居住地的周边环境便像极了集安的丸都山城。因多年无人上去，路险难行，对于高句丽人在庙子沟的居住地只能远望而未近观。对此我们还可以想象一下：也许是高句丽的王孙公子或是特使大臣，也许是与大队失散的将士兵卒，也许是过往的商旅，也许是布衣百姓、各色人等，他们为了躲避战乱、逃避寻仇，误打误撞来到庙子沟，庙子沟这个让他们感觉熟悉又陌生的地方便成为他们临时的居住地。而他们选择以山洞为居所的原因，恐怕是出于躲藏的需要，抑或穷困的无奈。

本以为庙子沟是只有一个进出口的“死沟”，但从庙子沟腹地沿小路向东，却看到路面越发宽而平坦，不由得诧异。经了解，这是当年日本人撤退时，用刺刀威逼当地人修筑的公路，直通新台门的涂家屯。没修公路以前，人们便是从这里出沟的。

如果孤单一人在山谷中行走，两岸松涛阵阵，真的会毛骨悚然。据说早年间经常有胡子出没在这一带，其中多有劫富济贫的绿林好汉。“九一八”事变后，日寇的铁蹄蹂躏连山地界，许多绿林好汉便加入了东北抗日义勇军，如义勇军第三十三路军司令孙雨田，在驻地新台门竖起“忠义救国”大旗；义勇军三十四路军司令刘存起赶走日寇，收复老县城。他们的抗日义举，深受百姓拥护和称颂，日寇曾不惜重金悬赏捉拿他们，由于当地百姓的掩护，日寇最终奈何他们不得。

3. 财富庙子沟

“一进庙儿沟，步步踩石头；一天三顿饭，顿顿喝稀粥。”这是过去流传在庙子沟的一段顺口溜。

“庙儿沟山好，沟里全是宝。”庙子沟野生动、植物资源丰富，但是捕杀珍稀野生动物是绝对禁止的，采蘑菇、采草药的收入也是微乎其微。沟里多为山地，人们在谷间、坡地种些粮食、水果、蔬菜，这些农活，村里的老人、妇女和孩子就可以承担了，青壮年剩余劳动力就都到城里打工。因为贫困，村里的姑娘都嫁到了沟外，沟外的姑娘却不愿嫁到沟里来；因为贫困，小伙子娶不上媳妇，出外打工的小伙子们也就不想回来了。

“庙儿沟水好，山中水却少。”来到庙子沟才切身体会到“草长莺飞，草厚水少”这个词。我们辽西地区，特别是西部山区降雨量不很多，雨水少的时候山上的土壤吸收了水分，河水便无法充沛，河床虽然暂时干枯了，但漫山遍野的青翠却永远滋润着一代代山里人的心田。

“庙儿沟石好，山外无人晓。”在碎石铺成的山间小路旁有一块一人来高，上面可并立五六人的巨石。经指点看到对面的山崖上正好有一处和此石形状差不多的椅子形的缺口。掉落之说看来有道理，何故掉落却不得而知。巨石坚硬，表面光滑而泛着些许的青白色，文人称其为“白马玉”，村人叫它“火石崖子”。这块巨石，若经过古代文人的想象和发挥，也许可以演绎一段美丽的神话故事呢，看来美好的事物是要人来发掘和发挥的。

庙子沟空有一片世外桃源般的美景却不为人知。一位凭借自己的努力已经走出大山的“山花”说：“姥姥家在石门子，去石门子却并不多，对庙子沟更是只闻其名。还不如山哥借卖干豆腐之机看过庙子沟的大姑娘小媳妇啥的，得找机会去看看。”本乡本土的山花都不了解庙子沟的美丽与贫困，何况异乡人呢？

如今，借着西部大开发的东风，乡党委政府一班人决心在各部门的大力扶持与帮助下，充分利用自然资源的优势，尽快脱贫致富，绝不让一村、一沟、一户掉队。现在，庙子沟外水泥板路几乎修到了每家每户的门口，用村民的话说："以后走夜路串门不用带手电了。"

庙子沟的春天来了！

4. 好客庙子沟

"大隐住朝市，小隐入丘樊。"当你厌倦了朝市的喧嚣，当你身心疲惫，就请来庙子沟这个僻静的丘樊之地做客吧，你带给这里的是沟外的文明与进步，带回去的将是沟内的淳朴与清幽！

一辆辆在城里才能见到的豪华轿车来了，车里的人们在沟口换乘装扮一新的马车、驴车、花轿，更有甚者，飞身骑驴上马，人们带着都市的文明走进这即将巨变的山乡。这一刻，我们握住了来自山外的友谊之手。

一户户淳朴的农家迎接着八方来客，院落中欢声阵阵、笑语连连，当场采摘的果蔬，那色泽、味道之鲜美，令山外的朋友一改往日的审视和挑拣，用手心略作擦拭便送入嘴里。看到客人们露出久违的孩童般纯真的笑容，真美啊。这一刻，跃动的城市之心和宽广的大山情怀合而为一了。

一处处河床上，游人们或翻或敲，也许期待着宝物的出现。这一刻，我们的山林便是那最值得珍惜的宝物。

一片片山坡上，游人们或坐或躺或站，或追逐盘旋的山鹰，或采摘林间的蘑菇，或陶醉于沁人心脾的花草幽香，或侧耳于悠扬动听的阵阵松涛。这一刻，我们不再是落后的山民，我们是这骄傲的山林的儿女。

一群群游人来到高句丽人曾经居住的山洞去追寻那久远而神秘的传说。而这一刻，在他们当中，也许就有前来寻根的高句丽人呢！

一对对随着游人们到来的，还有曾经断绝了还乡念头的小伙子们和他们娇羞的新娘。这一刻，他们正在为这山林的过去、现在和未来续写着最动人的爱的篇章！

走进庙子沟，仿佛置身于世外桃源，它会荡去你周身的浮尘，屏蔽繁华都市的扰攘和纷争，美好的心境将从这里开始……

来吧，朋友，庙子沟敞开它那火热的胸怀欢迎你们！

第三辑
异　域

陪你一起看草原

早就知道草原的美丽与辽阔，但却不知道草原离得如此之近，近得驱车几个小时就看到了草原的边缘；早就明白草原风景不在一时一处，一路走来，已经分不清哪里是沿途风光，哪里是最后的终点。早就相约一起去看草原，在七月下旬的一天，终于了却了心愿。

1. 分享过程

也许因为已经看惯了身边的风景，也许因为起了个大早，车启动后，除了偶尔有人互相交换着带来的早餐，大多数人还是有些昏昏欲睡。为了打破沉寂，有人开始讲起了听来的草原见闻。十多年前，那时草原旅游还不是很规范，应坝上朋友之邀，一伙人被请去享受大口喝酒，大块吃肉，放马奔驰的蒙古风情。酒至半酣，几人扔下酒杯，拾起缰绳，或连拖带拽，或飞身上马，策马扬鞭而去，好不潇洒。因为喝酒时神侃，对于“骑马骑腰线，骑驴屁股蛋，骡子前夹袢”的口诀理论上已经烂熟于心，所以借着酒劲，人也胆大了起来，没用主人牵领，一会儿工夫人马就跑得没了影儿。再过一会儿工夫，跑得没影的马都回来了，独独少了所有的骑马人。赶紧去寻找，几个人都被摔下马来，撂在了草原深处，不仅摔得鼻青脸肿，有人甚至摔骨折了。

说说笑笑间，车出了辽宁朝阳建平县黑水镇，行不多远，正好家里打来问安电话，辽宁省内通用的局域小号就没有显示了，说明已经开始进入内蒙古境内。此时，望向车窗外，原来笔直的树林和成片的庄稼地渐渐地

被低矮的树木和草地所取代。天空显得更加的深远和湛蓝，让人忍不住想下车伸开双臂，深深地拥抱蓝天。云朵时而雪白如棉花糖，时而阴沉如铅石压顶。太阳在云朵间穿梭，照耀得山野阴晴不定，忽明忽暗。阳光直射下的草地是翠绿色的，阴云覆盖下的草地呈现出青黑色，白云映衬下的草地展示出的是青草本色。突然就想到老人们常把黑色称为青色，看来是有一定的生活原理的。

一路行，一路观，风吹草低见牛羊的景色随处可见。

远远望去，在一处山坳中，围绕着河谷隐约露出了红色瓦顶的民居，屋后的山坡上有散放着的牛羊，蓝天白云似乎就在牛羊的身边环绕着。由蓝天、白云、红瓦、绿草组成的水彩画面，层层叠叠地展现在眼前。不时穿过云层的霞光以及点缀在青绿草地上的牛羊让这幅水彩画面更加具有立体感，更加的活灵活现。

远远望去，可见一独立而又独特的山尖，山的左边一半几乎是裸露着的，在阳光照射下，裸露处似由灰白沙土组成的。说是几乎裸露着，却也不是完全的没有一点生机，白沙中还点缀着几株绿色的植物。右边一半景致则完全的相反，整片地被绿色植物覆盖着，隐约露出深褐色的泥土。此时见到这一景观我很是惊奇，等到了乌兰布统草原，我才知这就是地质学上的“沙地”。

从内蒙古赤峰市沿 306 国道就这样一路分享着草原景象。毕竟心有不甘，总想找到一处可以称得上 A 级的景区。利用我们职业的便利条件，电话查询下真还找到一处 AAAA 级景区“青山冰臼”，按照地图所示应该在我们途经之处，于是提醒司机师傅留意路标指示。走了一段时间，仍未看到路标提示，但是在车的右侧，山峦开始有了一些明显的改变，路边不是特别明显的地方有一横幅“青山景区欢迎你”，在横幅的旁边是一条只能容一车通行的便路。看着没有景区标识牌的小路和横幅，想着 AAAA 级景区应该有的壮观，车子前进后退地转了几个来回，本想找个人问路，此时充分领略了“地广人稀”这个词的含义。终没有开进去，一边向前寻找大路，一边在车上浏览。就外行而言都可以看出，这里一定是一处特殊的地质地貌带，仅仅可看到的山顶处就如蛇，似鹰，像龟，形蛙，姿态各异，任人想象。一直回望着，寻找着，前行着，直到走出好远也没见到理想中的正门，于是只好作罢。回来上网一查，青山园区为世界地质公园，不免为擦肩而过而有些遗憾。

再向前行，人工种植的痕迹明显多了起来。整齐的梯田不见田垅，高低错落，外形各异，五颜六色的花儿组成的田园风光仍是一道道亮丽的风景线。油菜花与向日葵争相斗艳，就连平原地里作为蔬菜种植的土豆，也在草原的田野中展示着它白中略带紫色的花朵。玉米虽然已经开始抽穗，但感觉还不足一人高。那半膝高的针叶植物，应该是小麦了吧！怎么还不是一个颜色呢？留着这个疑问找机会请教当地导游，得知颜色略深一些的为“莜麦”，是可以用来磨成面粉的粗粮。

在路的两边，随处可见大片的草地中，一棵树孤独地站立着，给人鹤立鸡群之感。有树木成片，也只是灌木丛，虽也枝繁叶茂，但大多树主干较短，一米左右处即分出枝杈。

一路行来，看得多了，发现一些门道：村庄和民居大部分是建在河边或其他有水源的地方，看来水对于草原来讲是相当的重要和珍贵了；从路边的山体断层可以看出，山上多为泥土，很少见到石头，这可能是民居中大多是以土筑墙建房的原因吧！

公路下，一条河环绕着一个较大村庄，村边上一排房屋顶上写着“生态园”三个大字。看向房后，几座蔬菜大棚整齐地横卧在那里，并且在棚前屋后看到来回走动的身影，看来这里已经接近城市的边缘了。

是的，一路观光一路行，人在景中，景随车行，分享草原美景，分享美好心情。

2. 贵妃出浴

行车大约七个小时，下午一点左右，我们终于到达克什克腾旗政府所在地经棚。在经棚稍作休整，用过午餐，我们起程向宿营地热水塘镇而去。

赤峰市克什克腾旗热水塘镇，现在是我国著名的温泉疗养度假村，距离克什克腾旗30千米，距赤峰市230千米。一条街道两边建有数十家温泉宾馆，入驻山水泉宾馆后，4点30分开始供应温泉水，水温高达80多度，先放满滚热的带有硫黄气味的温泉水后，利用晚餐前的时光，几人走出房间，边赏景，边散步。

宾馆对面的山坡上，可见两条上下平行的铁路线，不时有火车驶过。宾馆前的宽阔公路上，偶尔有几辆车经过，站在路中间，唱着“跟我走吧，天亮就出发，梦已经醒来，心就不会害怕”，真是无比畅快。公路中间隔离带和路基两边花儿正在欢快地开放着，闻一闻，花香四溢；刚刚修剪整齐的树墙上散发着淡淡的清香；一排松树上的松塔有开有合，有枯有绿，似在述说着什么，表达着什么。

参观了几家温泉宾馆，环境和价格各不相同。一座楼前的广告吸引了视线：“家庭宾馆，精装修，是投资的最好选择……”进到售楼处，没有看到工作人员，从报架上拿了几张宣传单了解了一些情况。出得楼，在楼的一侧有一篮球场地，有年龄大小不一的几个人正在悠闲地玩着球，估计是在此置业的人家来此度假避暑的吧！如果几家好朋友来此每家置上一处住房，有空时相约来度假疗养，工作忙时出租，真可算是一举两得，很不错的投资理财方式呢！

6点30分左右，站在宾馆院内，视线中的太阳渐渐地隐到了山后，但仍然有光芒照在对面的山冈上，使得对面山坡上本来嫩绿的草被染成了金黄色，特别是在照相机的镜头里更如西方女子的金发般耀眼，于是情不自禁地以此为背景，用相机记录下全体人员的身影。

也许是因为早起乘车观景太投入了吧，在太阳完全落下去的一刻，才恍然觉得，怎么太阳好似从东边落下去的呢？尽管热水塘街道笔直，我却分不清方向了，不知睡醒一觉后看日出会不会有所改变。

在宾馆餐厅用过餐以后，来到中心广场上参加蒙古风情篝火歌舞晚会。这个中心广场建造得很别致。街道在上，广场在下，如果只是想感受气氛不想亲自参与，那么只要站在街道上就可以居高俯视全场。沿着设置不规则的台阶还可以下到广场中心。靠里面向街道方向搭有舞台，台下有篝火，篝火前用彩线设置了收费区域，里面放置几排收费的桌椅，只要花上点费用就可以成为晚会的主人。收费桌椅后面，街道边建有喷水池，有的人干脆坐在了没有喷水的池沿上了，大多数观众站在了收费区外两侧。

我们到时，“天下最美”民族歌舞已经开始，边看边与一位当地人聊天。这个中心广场相传是康熙皇帝洗浴之处。现在，当地政府在旅游旺季请专业歌舞团每晚在此演出。演出时间是晚 8：30 分到 10 点。晚会吸引了来此度假的游人和附近牧民，最多时可达 5000 人。

即便是在盛夏，热水塘的夜晚也带有一丝凉意，环顾篝火晚会现场，除了台上的演职人员，没有看到一个人穿裙装，庆幸多带了件衣裤，体会到了一点点“早穿棉袄午穿纱”的感觉了。

来热水塘的主要目的是泡温泉。宾馆中供应温泉水是有时间限制的，外出前先在浴缸内放满了水，观看演出回来，水温正好，于是享受起了过去只有皇帝、贵妃才有的待遇。

浴室中充斥着硫黄的气味，有些呛嗓子，但是还可以忍受，将排风打开气味就淡了许多。浴缸中的水是淡青色的，水面上隐约漂浮着白色的泡沫。用温泉水淋湿头发，不用任何洗发水，感觉湿润光滑。将整个身体泡在水里，不一会儿，面色就红润起来，气息也有些急促了。不敢泡得太久，起身披巾出了浴缸，在没有空调的房间中汗珠一直在流着，本来感冒不通的鼻子也通畅起来了。

如此每次大约二十分钟地进出了多回，洗去了一天的征尘，泡去了诸多俗世的烦恼，身心轻松地进入了梦乡。

3. 草原日出

早晨4：30分左右从睡梦中醒来，窗外微微放亮，躺在宾馆四楼房间的床上，稍抬头就可以看到对面的山顶。正对着床头有一处比别处要亮得多，心想应该是东方日出处了吧！又去浴室泡了一会儿温泉，出来时接近5点，望向窗外，天已经大亮，没有看到跃出山顶的太阳，也找不到日出的聚焦点了。看得乏了，心中先自己放弃了看日出的冲动，不知不觉地又睡了个回笼觉。再醒来时，蓝天、白云、草地、山峦又重新清晰地展现在眼前，探身出窗外也没有找到火红的太阳，想必楼是面南背北的正房，太阳应该是挂在楼一侧的东山顶了。

6：30分离开热水塘奔向下一个目的地——乌兰布统草原。早晨的草原，在阳光照耀下如江南的早春时节。河谷中种植的作物错落有致地排列着，风景如画；山坡上的草绿油油、毛茸茸、肉嘟嘟，青翠欲滴，让人忍不住想去摸一摸，躺一躺。

一首老歌《东方红》适时地在车内响起，全车人跟着轻声合唱：“东方红，太阳升……”中年人不禁感慨地说：“这是从小学会的第一首歌。”20世纪六七十年代这首歌几乎成了时钟，在农村每当听到《东方红》时，人们就知道收工回家做晚饭了。在城镇每当听到《东方红》，孩子们就知道父母该下班了。

在《东方红》的乐曲声中，车到经棚，寻得一家早餐店，点了几样小菜和鸡蛋等早点，特别是点了“锅茶”。通俗地理解，锅茶就是用锅端上的奶茶。大概是牛奶里面加进去嚼扣、炒米、奶豆腐、奶皮子等一起煮开了，添加进一点白糖后趁热喝下去，味道还是可以让大多数人接受的。

在早餐店旁边还开着一家特色商品店。经过讲价，买了套马杆、闷倒驴等草原特色酒，大黄梗罐头、山蕨菜、鲜黄花菜，草原必备的牧马帽子等。在《最炫民族风》的歌声中继续赶路。

在此先跳过一部分游览趣闻，单讲一段关于草原日出的趣事。

吃罢烤全羊，喝罢套马杆，微醉中分散地入住到坝上小木屋。纯樟子松木做的屋子中散发着一股淡淡的松香，不仅驱走了蚊虫，而且镇静了人的神经，使人安然地进入睡眠状态。不知过了多时，朦胧中似乎听到有人轻声地喊，一下子想起昨晚曾举手相约今天早晨要早起看日出的。怕吵醒了同屋人，没敢开灯，蹑手蹑脚地移到屋门口，开门回道：“在这儿呢!”由于起得急，没披上长袖衣，打开门时一股冷风直灌全身，不禁打了一个激灵。怕风把门关上，一脚门里，一脚门外地抱肩站在门口说话。我问：“几点了?”回说：“三点多了，起来吧!”此时，又感觉有风刮过，黑暗中不知哪里传来刷刷的声音，疑似雨打树叶声，把一只手伸出，却也没有接到雨水，抬头看天空，繁星点点。正疑惑间，又隐约听到已经走到外面的几人在轻声交谈，有人说：“这和咱们那儿真是不同啊!”有人说：“是啊!这要是在咱们那儿不下雨都看不到星星。”听到这几句，我理解为在草原星星满天也会下雨，就和白天有时候阳光灿烂也会下雨一样。于是我小声地告诉他们说：“下雨了，也看不到日出，还这么冷，我不去了。”听到我说这话，一同事走近我几步笑答：“哪里下雨了啊，你是喝多了还是睡糊涂了?”

原来，他们是在感叹草原八九月份的星空呢！因为冷，我也顾不上观察美丽的草原星座和草原日出了，回屋继续享受樟子松的清香。

坝上草原七八月份正午和夜晚温度相差一半，正午大概在28度，而晚上则只有13～14度。冷风抵挡不住人们对于美景的渴望。我们去看日出的同事回来讲，他们初到时，看见山梁上一排模糊的影子，以为是一排小树林，及至走到近前才发现，是一群早起的摄影人。他们整齐地排成一排，没有交流，没有走动，就那么无言地调整着摄影架和相机。调整完成，稍微直起身体等待着，单等天边出现光彩，一律低下头紧张地抓拍，只听得见风声和相机快门的咔嚓声。同事手中的全自动傻瓜相机拍摄的不是草原日出而是拍摄日出的人。

尽管因为观看草原日出而发烧感冒，但感觉相当的值，就当是“一夜风流”了。

4. 一、二、三，跳

在蓝天、白云、青草、红瓦的陪伴下，穿山谷，绕山顶，经过几个小时的奔波，终于踏上了草原的腹地。此前都是在走马观花地远眺山峦草原，当看到“桦木沟国家森林公园”的字样后，才真正得以近距离地闻到花香，触摸到青草的叶片了。

沿着草场与桦树、松林中间开辟的平坦公路，来到蛤蟆坝景区收费口，买票后顺路一直向前并四下寻找着门票上标注的景点。感觉车窗外的景色跟之前在景区外看到的也差不了许多，一直走到公路尽头处，看到正在干着活计的几个人，询问之下得知风景就在来路的两边，要靠自己去发现和寻找。

调转车头返回，不多时停在一片较开阔的草地上，下车登坡。“瞧，金蟾湖！”先登上坡顶的人惊呼。坡的另一端，一个蜿蜒几十平方米的水泡呈现在眼前。相对于辽阔的草原，眼前的水面真就只能相当于牲畜的一泡尿了。不知为什么取名为金蟾湖，只知传说蛤蟆一嘀咕，坝上人都能听见，事实是，很少有人听到过蛤蟆的嘀咕。

时而背对水面，站在山顶摆着姿势；时而侧卧草间闻香拍草。还是80后、90后活跃，只听几个人齐声喊：“一、二、三，跳。”于是寂静的草原有了声音，静止的画面有了动感。受到年轻人的感染，中年人也加入了跳跃的队伍。高低不齐地喊着，上下不等地跳着。有的人已经跳出了镜头，有的人还没跳离地面；有的人跳得披头散发，有的人跳得衣裾飘逸；有的人跳得狂烈，有的人跳得含蓄……

站在另一处坝上，近前脚下山坳里有几排土坯房和几排红瓦房。每户人家的院子里可见用土坯圈出来的独立空间，大概是猪圈、羊圈、马棚、狗窝、鸡舍等。远处山坡上的树有的是一排排，有的是孤零零一棵，牛群和羊群在草地上不时地移动，以此为背景，年轻人又排列组合成了“千手观音”的图画，祈祷着草原人家幸福安康！

在一处平缓的低洼处，一大片黄色的油菜花又吸引了人们的目光。飞身走到花丛中，身体立刻被花丛包围。有些已经长得高过了人头，花色还是那么的鲜亮，相比较之下，平原地带看到的油菜花要稍微矮了几分。“两只小蜜蜂啊！飞在花丛中啊！”美丽的姑娘，美丽的花，相映成景。

“我曾在远方把你眺望，如今依偎在草原的怀抱，就让这约定凝成永恒……”这首歌此时是从心底发出的，不用伴奏，不加任何修饰，竟也那么合拍，让人产生共鸣！

上车以后，大人问孩子：“草原在哪儿？”孩子回答：“在我心里，在我梦里，在我已经实现的梦里。”也许是被惊扰，也许是想挽留，车启动后才发现，一只蚂蚱跟了进来，很轻易地被大家捉到放入了空水瓶中。

5. 坝上老李

可以这么讲，假如这次草原之行没有遇到坝上老李一定会无趣得多、糊涂得多。老李在坝上可以说是名人，他是名仁旅游公司的总经理，他也见过许多名人和大人物。他是赤峰市的旅游协会主席、工商联副主席。如果在坝上不认识老李，那这人不是外地人就是旅游行外人。

通过老李的介绍方知，克什克腾旗相当于赤峰市的一个县，乌兰布统是开发区，相当于克什克腾的一个乡，是一个军马场所在地。乌兰布统草原是蒙语，汉语的意思为红色的坛形山，红山军马场和草原因此得名。乌兰布统草原位于大兴安岭余脉和阴山山脉交会处的坝上地区，蒙语称为塞罕达巴罕，汉意为美丽的高岭。南与河北省塞罕坝机械林场接壤，北与浑善达克沙漠为邻，总面积41.3万亩。北距克什克腾旗110千米，南距围场县105千米，距承德230千米，距北京468千米。红山军马场属典型的丘陵式草原，具有沙地、湿地、湖泊、河流、高原草甸、丘陵、峡谷、自然林为一体的独特地区。草原特点和北欧有些相似，但比北欧草地色彩丰富，多了许多花花草草。平均海拔1500米，年平均气温1度，最高气温32度，最低气温零下43度，属大陆性季风气候。

入住老李的名仁山庄樟子松木屋，忙碌的老李直到下午三点多才抽出空来陪同我们游览草原风光。

对于《敖包相会》这首歌许多人都不会陌生，原以为敖包就是蒙古包。来到草原听老李讲解才知道，敖包汉意是土堆子，敖包最初设置是为了在草原上辨别方向和划分界线用的。因为成吉思汗曾藏于敖包而获救，所以蒙古后人才将敖包作为图腾，现在的敖包又被人们赋予了宗教的色彩。敖包中间高插的乃是成吉思汗的兵器——苏鲁锭。笔者私下认为蒙古族的敖包与满族的索伦杆的设置有几分相似之处。

乌兰布统草原风景优美，景观独特，有《还珠格格》《康熙王朝》《汉武大帝》等60多部影视剧在此拍摄。对于人为设置的景点，老李一带而过，边游览边为我们介绍一场天然动植物的视觉盛宴。

一个小动物从我们眼前跳跃着跑过，钻入了一边的草丛中。这是草地鼠也称为黄鼠，成人一掌大小，毛为黄褐色，平时喜欢手搭凉棚警觉地站立观察周围情况。秋末冬初，屯草于窝附近，留待大雪封山时再食用。撒尿于草上，以此来证明此草的归属，一般情况下别的黄鼠闻到不属于自己的气味就不会吃了，如有胆敢来偷者，即使藏到很远的地方也会寻味找到。有好事的人故意将草调换位置，必然引来两鼠的争斗。黄鼠还是有血性的动物，如果打斗失败，就会悬绳上吊自杀。

乌兰布统草原境内土质肥沃，雨雪适中，水草丰盛，全场共有植物680种。主要树种有白桦、山杨、柞树、山丁子树、山葡萄树等，有“生物基因库”“活化石”之称的沙地红皮云杉3000余株。灌丛以虎棒子、映山红、山玫瑰等为主。盛产蘑菇、黄花、蕨菜等纯天然食品。有芍药、柴胡等名贵稀有中药材358种，有“一步踏三草，草草皆是药”的说法。观赏植物主要有野菊、黄花、干枝梅、金莲花等。

草原上的白桦有林中少女之美称，有的亭亭玉立，有的婀娜多姿，站在白桦树前拍张照片，心也跟着年轻了许多，人也美丽了许多。

乌兰布统草原之美在于每隔十天左右就要换一个颜色，各色花草按照自己的习性次第开放。七月末八月初，闯入我们视线的有：

一片片生长着，紫红似桑葚的为地榆炭，具有止血的功效；

一片片生长着，开着不大不小黄色花朵的为野蔷薇；

间隔生长着的，开着一串紫色花的为刺介，具有去除湿气的作用；

零星孤傲地生长着，此时为紫色的毛茸茸的球状的花朵顾名思义称为紫球，再过几日将开放成宝石蓝色的梅花瓣，远远地发现一枝，让最年轻、最美的姑娘与之合影，于是幸福的感觉写满姑娘的脸颊；

花朵有五瓣，颜色为紫红色的小花为石竹，是治疗妇科病和尿路感染的良药；

花朵亦为黄色但比野蔷薇要单薄些的为柴胡，是治疗感冒的良药；

华北蓝盆花，一种唯美的兰花，因其美，使得我们问了多次才记住了名字；

粉红色的柳兰，一片片地生长开花，有“护路娘”之称；

真正不应该忘记的是大花飞雁草，宝石蓝色的花朵倒挂金钟般地开着，它又名为翠雀。

以前听到过“断肠人在天涯”诗句，看到过小说对断肠草的描写，这次有幸在坝上老李的指认下见识了草原上生长的“断肠草”。此时花期已过，老李讲六月份时，此草花如芙蓉，香艳四射。相传神农氏尝百草，误尝断肠草，终无药可解，中毒而亡。断肠草并不是单指一种，各地将十多种剧毒的草药统称为断肠草，如狼毒花、钩吻等。

历史上，这一带是清朝木兰围场 72 围之一的图尔根伊扎尔围场所在地，也是蒙古族的重要游牧区。清朝历代皇帝每年秋季都在这里举行“木兰大典”。康熙在此平定噶尔丹叛乱，著名的乌兰布统之战就发生在这里，留下了“将军泡子”“清康熙舅舅佟国纲墓”“十二座连营”等历史遗迹。

千百年来，红褐色的乌兰布统烽，在草甸的远处兀自独立；清澈的乌兰公河，如勇士镶银的佩带，绕山而过；山下一汪湖水，宁静如镜，隔水相望，乌兰布统烽犹如一瓮赤坛，倒置于碧水之中；草甸四处野花遍地，水草丰美。直至公元 1690 年，大清康熙皇帝与蒙古残部准噶尔丹之战打破了这份宁静。

清朝 20 万大军在乌兰布统烽下与噶尔丹决战。噶尔丹军共 10 万余人，依山傍水，隔河据高岸，“缚驼结阵以待”将大量骆驼横卧于山梁，裹以湿毡，背上加箱架，以防清军炮火。并从驼阵中放枪发矢，顽强抵抗。清军用 24 门红衣大炮的猛烈炮火轰击驼阵，激战半日，驼阵终被轰开，血流成河。噶尔丹兵退入山林，据险坚守；至夜，康熙之舅父、内大臣佟国纲，率清军左翼循河绕山腰而上，大败噶尔丹军；右翼被沼泽河崖阻拦，退回原地。次日续战，双方死伤无数。佟国纲英勇战死，将士之血染红烽下水泊，该湖从此人称“将军泡子”。清军驻扎之处就被称为“十二座连营”。若是细细寻访山上当年的“十二连营”旧址，仍可捡到锈迹斑斑的箭头……

蒙语中“布统”亦为“雾霭”之意，大战平息，稠血染红湖水，湖上红色的雾霭数日不散。战后康熙皇帝登上乌兰布统烽，看到此等壮烈景象也不禁动容。

值得一提的是，那位骑白马，穿白袍，着银色铠甲，手拿银枪，人称白大将军的佟国纲老家就在辽宁葫芦岛连山区。

留给人们印象最最深刻的是“荇菜”。还未及游览古战场时，一提到各种花花草草，坝上老李就不自禁地提到了它。《诗经》中“关关雎鸠，在河之洲，窈窕淑女，君子好逑”大多数人都能读得朗朗上口，而下面的“参差荇菜，左右流之……参差荇菜，左右采之……参差荇菜，左右芼之……”却少有人知。《诗经》中用荇菜或左或右漂浮不定比喻求爱的不易，也以物候交代出男女热恋的时令；同时，作者以赞颂的口吻勉励求取荇菜，隐喻“君子”的努力追求“淑女”。诗圣杜甫《曲江对雨》中有“水荇牵风翠带长”。徐志摩的《再别康桥》中也有一段描述：“软泥上的青荇，油油的在水底招摇；在康河的柔波里，我甘心做一条水草!”由此可见荇菜在人们心中的地位。

荇菜适生于多腐殖质的微酸性至中性的底泥和富营养的水域中，但将军泡子水质却呈碱性，这让专家费解。几百年来，不管环境怎么恶劣，荇菜都不离不弃地坚守在将军泡子，陪伴着两军近三十万将士的英灵，这不得不让人对这小小的植物刮目相看了。

在坝上老李的引领与解说中，我们行走在草原上，于是，各色的花草不仅艳丽而且鲜活了起来。古战场的硝烟已不在但我们却分明听到了将军与士兵的喊杀声；弃羊、牦牛、马、骆驼不坐而意外地捡到了几个手掌大的蘑菇；没有进入影视基地参观却了解了一些拍摄的幕后花絮；惊奇于草原不仅仅有巨大的蚊子还有翱翔于水泡上空的海鸥；明白了沙地其实是个宝，具有和沙漠完全不同的地质特征；知道了骑马三条命——嚼子、马鞍、蹬；获悉了杨家将家谱在热水塘附近发现，说明杨四郎曾为辽国驸马并非杜撰。

离开固定的景点，独辟蹊径，看到了草原别样的风景。

车开进草原土路，充分体验到了“公路没有土路快，汽车没有骑马快”。老李很有把握地告诉司机师傅在这条路上可以放心开，不会陷进去。然后还幽默地说，要是车停下了，他负责推，但是车没油停下了他可不管。

都说老马识途，当夕阳西下，我们在草原上见到了一匹匹带着马鞍的马，它们边吃草边悠闲地独自走着，马上马下，马前马后都不见主人的影子。看来是在景区供游人骑乘的马，马的主人已经骑着摩托车快速地回家了，留下马儿享受着肥美的水草，等回家的人们吃罢晚饭，马儿也吃饱喝足了。

感慨着老马识途，也感慨着草原的民风淳朴。如果不是民风如此淳朴，即便老马识途又怎敢让它独自溜达？等看到一群群放牧着的牛和羊时，更加相信草原人家的淳朴和宽阔的胸怀。散放的牛群夜间是不用归圈的，就那么享受着夜草的肥美。俗话说：“人没有外财不富，马不吃夜草不肥”，牛也如此吧！但是羊群却要入圈，较牛弱小些的羊，是抵挡不了狼的进攻的，毕竟狼爱上羊只是美妙的童话。在一望无际的草原之夜，狼对于羊的威胁比外来的窃贼要大得多。

“哟嗬，哟嗬……”听说这么喊，牛羊就会自己过来。于是，以草原和牛群、羊群为背景，拍下了草原牧归照。几位从景点回家路过的牧民，不失时机地过来看着我们，于是，大家纷纷跨马扬鞭，在牧民的带领下也算纵马驰骋了一回。

草原之行结束了，我所记录的草原之行只是九牛一毛。浩瀚美丽的大草原还有许多我没有走到的地方，还有许多我没有听过的传说，还有许多我没有了解的风土人情，等待着大家去探访。如果在盛夏季节，你想寻一处凉爽之处，那么，让我陪你一起去草原!!

喀左穿越

有幸在一个春暖花开的季节，陪同葫芦岛市连山区的书画家们赴辽宁省朝阳市喀左县参加了一次文化交流活动。“东蒙龙乡”“紫陶之都”“贡醋之乡”“中华第一祭坛”“楹联第一乡”“全国卫生城”等诸多称号，似强烈的冲击波，冲击着我的思绪在历史与现实中穿梭。两天的喀左之行，仿佛穿越了几千年的历史时空，顿生出“天上方一日，世间已千年”之感。

1. “净、静”的城区

喀左全称为喀喇沁左翼蒙古族自治县，地处辽宁省西部，朝阳市南部，据当地人讲，喀左是首都和省会的中间点，距北京和沈阳都是三百三。城区北靠秀丽的乌兰山，南临浩瀚的凌河水，是一块难得的风水宝地。

进入喀左，无处不让人感觉到“静”与“净”。高楼民居，净净地、静静地矗立在那里，净得光洁而清新，像刚刚经过雨水的冲刷、洗礼，又静得悄无声息，似乎早被主人遗弃；花草树木净净地、静静地点缀在那里，净得艳丽而青翠，如刚刚得到园丁的浇灌，晶莹的露珠还悬而欲滴，又静得仿佛听见了花与叶争妍的私语。

“净”与“静”在川流不息的街区得到最完美的诠释。

入驻喀左宾馆，正值下午一点多钟，打开窗，一丝风吹进来，温软而湿润。探身观察楼下的院子，只有几辆车静静停在花栏前的车位上；侧耳倾听对面的街道，没有高声大嗓的吆喝声和刺耳的鸣笛声，一切都是静静的，心中暗自疑惑，难道整座城市都在午休？好客的主人细心地安排了休息时间，我因没有午休习惯，睡不着，又怕打扰别人休息，于是轻轻地走出房间。来到宾馆一楼大堂，电子显示屏上还在滚动着字幕："热烈欢迎连山区文学艺术界的朋友光临喀左。"一位身着职业装的大堂经理用带有一点沙哑的、朝阳地区特有的男中音回答了我的询问。

沿着喀左宾馆旁边的人行道漫步。

咦！街上的人、车还真不少呢！有的人脚步匆匆，无声地在我身侧走过，经过斑马线到对面，再向前消失在我的视线之外；有的人和我一样慢悠悠地溜达，不时地与遇到的熟人热火地打着招呼，却不似我们两锦地区的人尾音高挑；不论是自行车、人力车还是汽车都各行其道，自觉地遵守着交通规则。遇有需紧急避让的，汽车也是先放慢车速，鸣短笛提醒即停，绝不超过规定的分贝。

一直看下去，有一个重要发现，街道两边的店铺招牌统一地书写着汉、蒙两种文字，汉字多为红、黑两色，蒙文则统一为蓝色，浓郁的蒙古族风情一目了然。店铺里人们忙着你买我卖，越是忙碌的人脸上的笑容越灿烂，生意红火虽累但快乐着。不论经营什么项目，每家店面前都清爽整洁，而且绝没有欺街占道的现象。

我鸡蛋里挑骨头般的四下寻找，意图找到不合时宜的垃圾，却终不可得，我从宾馆顺手带出来的一枚牙签，也不好意思随意地扔下去，就那么一直握在手里，直至找到一个垃圾箱。

国家级平安县、辽宁省卫生城、辽宁省文明县城绝非浪得虚名！

2. “悠、幽”的历史

从来没有想到一个小小的县城能承载着如此悠久的历史，面对着“东方维纳斯”和暴龙化石，让人不由自主地穿越时空，穿越历史，进入悠远而深幽的上古时代。

穿越一亿两千万年，来到白垩纪。

在广袤的丘陵地带，生长着许多不知名的宽叶的开花植物，它们主宰着世界的生态系统；相伴而生的还有许许多多的小树，树高15~30米，状如落叶松和它的亲缘植物。丰富的植物促进了各种爬行动物的繁衍，也引来了凶猛的食肉恐龙。它就像是一台骨骼破碎机，在恐龙世界中凭借“暴君行径”得名暴龙或霸王龙。在这个区域，霸王龙残暴如蜥蜴王，时常用它最大型，最孔武有力的身躯，龙卷风般席卷整个世界。尽管如此，这个庞大的身躯有可能是被小小的鸟类寄生虫——毛滴虫所感染，轰然倒塌，直至最后灭绝。

有一条霸王龙，它坚强地屹立着，以它长达10米的身姿，用后肢顽强地站立着，可是，它终于没能战胜更加强大的灾难，如火山爆发等自然灾难，凝结成了化石。这具化石，经过一亿两千万年的等待和穿越，在公元21世纪的中国喀左大城子镇小城子村现身。它是已知目前中国乃至世界上最大的早白垩世霸王龙，具有很高的科研价值和科普价值。它的出现证明东亚是霸王龙最主要的演化地之一。

穿越十万年，来到旧石器时代中期西汤山的峭壁之上。

峭壁上因地下水的长期溶蚀而形成了一个个深幽的山洞。洞居高临水，洞口宽敞向阳，既防风，又遮雨，是理想的生活之所。洞中居住着一群茹毛饮血的古人类，他们打制石器，用砸击法来制造工具，石器的类型也多种多样，有雕刻器、刮削器、尖状器、砍斫器和石球等，他们用这些简陋的工具捕鱼、猎取野兽，采集植物的芽、叶、花、果实、根茎等食用。他们学会了应用天然火和人工摩擦取火的方法，用火来烧烤兽肉、制作熟食，缩短食物的消化过程以增强体质；用火来取暖、照明、防御野兽、焚林狩猎；更发明了用火烤岩石，使其粉化而开辟出一条通向外界的道路。火的发明与应用，使他们逐渐脱离了“茹毛饮血”的时代，逐渐走进了新石器时代。

21 世纪喀左县水泉乡大凌河西岸的西汤山，不知先人们已去了哪里。只看见洞里洞外栖息着野鸽子，故此洞俗称“鸽子洞”。千百年里，野鸽子在这里飞进飞出，孵化繁衍后代，没有人会多看它一眼。直到 1965 年春天，一个叫孙守道的考古专家和另一个叫陈瑞峰的文化干部看出了它的不寻常。八年后的又一个春天，考古工作者对鸽子洞的发掘开始了。出土了四个人骨化石，三十余种古代动物化石，还有石器三百余件。在厚达 5 米的灰烬层里，一颗完整的儿童牙齿化石的发现则轻轻地撩开了十万年前整个东北古人类的面纱，人们把他称为“鸽子洞人”。至此，沉睡在地下十多万年的“鸽子洞人”终于重见天日，从而揭开了喀左人类历史的序幕。

鸽子洞遗址的发掘为研究我国原始社会的人类活动和辽西地区的古地理、古气候提供了珍贵的实物资料，引起了国内外专家的瞩目。鸽子洞这一孕育了喀左人类的摇篮，成为省级文物保护单位。

穿越五千年，来到新石器时代的东山嘴后梁顶部。

在南北长 60 米，东西宽 40 米的范围内，南侧有用河卵石铺成的圆形台，北侧是长方形石基，组合成了一个坐北朝南、东西对称、主次分明的建筑群。在那里，处于高度发达的母系氏族社会时期的人们，供奉着大型人物坐像以及腹部凸起，臂部肥大，通体打磨光滑，似涂有一层红衣，整个形象表现为孕妇的特征的小型裸体站立陶塑像。不时地佩戴起各式各样的精美玉器，且歌且舞，为他们美丽的女神举行着一次次盛大的祭祀典礼。

当回到21世纪的喀左县兴隆庄乡章京营子村，东山嘴祭祀遗址已经作为红山文化遗存的开端，将中华文明史提前了一千多年，给三皇五帝的传说提供了依据。这里出土的女人裸体孕妇塑像这个当时人们崇拜的“生育神”也被称为“东方维纳斯”而名扬四海。东山嘴祭祀遗址被列为国家级重点文物保护单位，其成果已编入中国历史教科书。

在公元1200年的金代与现代的喀左县蒙古族高中院内穿越。

高34.1米的八角密檐式砖塔倾诉着百年沧桑。注目利州佛塔，灰白相间的塔身上雕刻的力士、金刚、菩萨、花卉等神态各异，惟妙惟肖，似一座稀有的砖雕艺术品，引人遐思；仰望精严禅寺古塔，总会看到成群的紫燕上下翻飞，呢喃细语，犹如佛经传诵之音，又似莘莘学子的琅琅读书之声，令人陶醉。

在公元1667年的清代与现代的喀左县城中心穿越。

走进天成观，坐北朝南，按八卦形布局的北方古建筑立现眼前。虽然原有七进院落，楼堂殿阁三百多间，但经三百多年的沧桑变化，保存至今的只有中轴线上的二进院和东跨院内60余间建筑，这并不能影响其与北京的白云观、沈阳的太清宫并称为北方道教三大丛林。

走近天成观，这由明代崇祯皇帝的三叔始建于清康熙六年（1667年）的道观，如今依然香火旺盛，来此祈福开运者络绎不绝。东跨院立着的康熙、乾隆、嘉庆年间石碑三通，东大门留着的一副楹联“放鹤去寻三岛客，任人来观四时花”，天成观西北角四十年前还立着的一座石塔，不仅记载着该观创立与维修情况，而且向人们述说着明、清两代的历史。

3. “青、清”的山水

青青的山，清清的水，山水相依，林葱草绿，构成一幅幅独特的水墨山水画。

在城东23千米的尤杖子乡的龙凤山森林公园畅游，奇石、怪柏、古刹、异洞、佛面、神泉组合成“最受游客欢迎的辽宁五十佳景”，让人迷恋，引人青睐。龙凤山尤其以三大特色而闻名：一是洞穴天成，且洞洞朝阳，据不完全统计，山上大小洞穴有七十多个；二是不仅满坡满岭的柏树皆为双心，绿染云海，而且已载入林业《辞海》的、树龄在千年以上的“关东第一柏”和“关东第二柏”更是极为难得，如此神奇之物，若能亲眼得见、亲手触摸，定会让天下有情人双宿双飞、长长久久；三是寺庙悠久，龙凤山中的天台寺系清代康熙二年（1663年）所建，至今已有300多年的历史，每年农历四月十八的朝阳洞庙都会吸引来数万人。

在老爷庙镇、尤杖子乡、羊角沟乡交界处的楼子山前眺望，只见楼子山山形奇特，主峰峻峭伟岸；山势挺拔，沟壑纵横，因海拔1091.1米而成为喀左县第一高峰；峭石嶙峋，由一组岩石自然天成的“唐僧师徒取经图”吸引人的眼球。拉近摄像机镜头，青松在悬崖上争奇，怪石在奇峰上斗艳，烟云在峰壑中弥漫，霞彩在岩壁上流光，有一种别样的大气之美。

大凌河静静地流，多少年来从发源地开始，经过百折不回的努力，两个支流各自独行了100多千米，终于在喀左县汇合了。然后，水量充沛的大凌河开始用力地切割着身下的大地，日复一日，年复一年。大凌河靠着她不懈的意志，不仅在东哨乡切出了一个10千米长的巨大峡谷，而且还在水泉乡这个叫作瓦房村的地方雕琢出了一座海拔250米的大峭壁，形成了凌河第一湾风光。大凌河西支流经县城南部，凭借凌河水，建成了占地524公顷的凌河景区。景区包括敖木伦人工湖、人民广场、滨河路沿湖绿化带和那达慕乐园。每当夜幕降临，各式彩灯纷纷亮起，滨河两岸处处霓虹闪闪，灯光耀耀，那种“火树银花不夜天”的美景不只是梦中才得见。

位于六官营子镇与大营子乡交界处的瓦房店水库，似明镜，如宝玉，像一颗璀璨的明珠镶嵌在秀美的喀左山川。这里天蓝水碧、林茂草丰、鸟语花香、石瘦鱼肥，吸引着无数游人来垂钓寻幽，荡舟戏水。

4. “丰、封”的特产

喀左名优土特产品丰富，素有“贡醋之乡”“紫陶之都”的封号。

疾步至山乡，处处闻花香，单等秋来到，硕果装满筐。喀左地处辽西丘陵地带，勤劳的喀左人民，不断地用双手将贫瘠的土地变成花果山，大营子的梨、兴隆庄的杏、白塔子的葡萄、青沙梁的桃、大城子的枣等是喀左的名优水果。春天时的果园，花香四溢，引来文人墨客留下许多优美的诗句；夏秋时节来到树下，摘一个，尝一口，甘甜醉人。

小杂粮、凌河鸭蛋、风鹅、野生红蘑等土特产丰富多彩，羊杂汤、碗砣、饹馇等美食独具特色，具有民族特色的羊毛挂毯更是精美的艺术品。

最能代表喀左地方特色的特产当属陈醋和紫砂了。

喀左陈醋已有300多年的历史。当年康熙皇帝祭祖时，途经今喀左县，因旅途劳累，茶饭不思，当地人奉上陈醋泡制的小菜后，他胃口大开，龙颜大悦，自此喀左陈醋作为贡醋而扬名天下。喀左陈醋清香爽口，回味浓郁，久储不腐，越储越好，被国家质检总局授予中华人民共和国地理标志保护产品。

在制陶业，世人都晓宜兴，却鲜有人知道喀左。其实喀左制陶业历史悠久，东山嘴祭祀遗址出土的女人裸体孕妇陶制塑像可证明早在7000多年前的新石器时代，喀左人的祖先就开始烧制陶器，在辽金时代工艺精美的制陶业已发展到相当大的规模。

如今，喀左境内已探明的紫砂土储量在1亿吨以上，远景储量达10亿吨，是名副其实的“北方紫陶之都”。

喀左紫砂陶器花盆因栽花不烂根而备受喜花爱草之人的青睐；紫砂陶器茶壶因泡茶味正香浓而让喜茶之人爱不释手；以劈开砖为主的建筑陶瓷让亭台楼阁流光溢彩，使建筑师的设计理念得到完美的体现。不仅如此，当紫陶从工艺品升级为艺术品时，以壁画、泥人雕塑为主的艺术紫砂，让陶土有了生命，让“东方维纳斯”不再残缺。

可能我们每个人小时候，特别是农村长大的孩子都喜欢玩泥巴，在沟渠边、在雨后的泥地上都留下了童年最难忘的记忆。每每玩得兴起，把自己弄成了大花脸，纵然被父母责骂也终不改。

如果有一处体验园，能让成年人圆了童年的梦，让青年人增长技艺，让少年短暂地离开书本去陶冶情操，那么，这样的地方会无人问津吗？

先将陶土晒干，然后敲碎成粉末状；反复过筛，筛去粗砂杂质后，再放入缸内加水制成浆状；经过反复的搅拌、淘洗，泥浆变得腻如膏脂，再无丝毫砂粒；随后，将泥浆静置于封闭状态下，使其自然凝干成泥；再将这些泥团反复揉捏，把里面的微小气泡挤得干干净净，随后在转盘上手工拉坯，做出陶器的基本形状。相信如果有心，这样的工艺不难掌握吧！

喀左县拥有丰富的紫砂土资源，紫砂村建设项目正在翘首等待有识之士的到来！

5. “智、质”的人民

一方水土养一方人，两天的喀左交流采风，让我对喀左的城区、山水、历史、物产印象深刻，而最最让我不能忘怀的是热情质朴又勤劳智慧的喀左人民。

进入喀左，浓郁的蒙古风情扑面而来。蒙古民族是一个能歌善舞的民

族，寻求愉悦是人类与生俱来的本能之一，东山嘴的先人们是在为女神歌舞，也是在为自己歌舞。虽然，时代风已经浸透了这座古城，全新的娱乐方式表明着全新的价值评判，但是，所有的人都是从历史中走来的，生命中无一不保留着历史延续的基因。在祈福节庆活动中，在粗犷豪放的歌声中，在自由奔放的民族舞蹈中，在锣鼓阵阵的大秧歌、踩高跷中，已然寻到了传统的痕迹，寻到了喀左人民的热情与质朴。

在道教寺院天成观院内，“紫气东来”殿门前两侧，我看到了两块刻字的大石，左边一块上书“辽西古城古国”，右边一块上书“楹联第一乡”。原以为，吟诗作赋、诵词对联是江南才子的附庸风雅，没想到，在喀左这个塞外古城，粗犷的蒙古族大汉也有此等之能之雅。“辽西古城古国”有史可证，“楹联第一乡”也是有据可考。仅天成观，每座殿宇的门楣上都刻有楹联、横额。

即便是在贫瘠的乡村也不缺少对联。当我们来到一个叫铁沟里的小山村时，一下车就被几栋纯石头建造的民居所吸引，据介绍，这些石头房曾聚焦北京来的摄影师的镜头。在一户民居前停下脚步，紧闭的黑漆铁大门上镶嵌着两个大大的红福字，两侧门垛赫然贴着一副对联：“庆佳节福星高照，迎新年财运亨通”。这应该是春节时贴上去的，我看到时已经五月份，对联一点都没有破损，真是奇了！另一户院门大开着，有一辆农用三轮车停在院心，一头驴拴在槽头正在吃草料，一头猪倒卧着睡得正香，大都是灰黄的颜色，显得贴在门垛、山墙、驴棚、猪窝、鸡架、仓房上的对联是那么的鲜艳。

喀左的人民，是勤劳而质朴的，又是充满智慧和创造力的。

美术、音乐、书法、诗词等协会齐全，老年书画研究会、社区诗联书社、校园楹联协会使得老、中、青年的文化底蕴都得以提升。值得一提的是历史悠久的喀左县第一高级中学，他们以培养德、智、体、美全面发展的全能型人才为目标，大力培养高素质的人才，仅21世纪以来考取本科院校的学生就有5495名，20名考生跨入清华、北大校门，同时学校还获得了“辽宁省美育名校”“全国文明礼貌教育基地”“中国楹联教育基地”“中国西部教育顾问单位”等众多荣誉。

幽雅的环境需要自然气候条件的滋养，更需要人来创造和维护。如果说喀左是传说中的世外桃源，那么，这个仙境是喀左祖祖辈辈人用勤劳和智慧创造出来的奇迹；富裕的生活需要丰富物质条件的支持，更需要正确的决策和决断。如果说喀左是塞外一颗耀眼的明珠，那么，这颗明珠是喀左县委、县政府带领全县人民奋发图强的结果。

这绝不是唱高调的结尾，我们返程时正值周末，车经过街区，机关干部街头宣传与服务的队伍里，我分明看到了接待我们的一位县级领导干部瘦弱的身影……

东蒙龙乡，吉祥喀左，再见！

湿地之都的色彩

我不是盘锦人，但却有幸多次踏进那片湿地之都，感受着那里独特的色彩。

拥有“湿地之都”美称的盘锦不是大都市，可我却每次到这里都迷路，不能说我没有用心，也许是因为色彩太富于变化的缘故。不能说我用脚步丈量了盘锦的巨变，但我却真实地品味了盘锦的色彩斑斓，而这色彩自然天成，主次分明，绝不做作和花哨。

2002 年的春天，我去参加西柳大集考察活动，确切地说是途经盘锦。可能是因为修路封道，乘坐的中巴车拐进了一条乡间土路，也不知道具体到了哪里，总之听说是盘锦地界，车窗外的稻田和油井就是明证。此时的稻田只有灌满水的田而没有稻，黑黑的田埂将田分割成规则的方块，田里的水白亮亮地，但掩藏不住下面黑黝黝的泥土。在其中一块田的一角，穿着过膝长靴的种稻人正掀开白色的塑料薄膜，露出了里面嫩绿的一畦秧苗。我想，现在是春风又绿江北岸的时节，应该是水稻插秧的季节了。

从车上远远地眺望，在有些田埂的四周，还围有蓝色或黑色的围栏，有半米多高，也分不清是什么材质的，听介绍说这就是河蟹养殖基地。此时，我不禁遐思，单等硕果累累的金秋时节，一波一波金黄的稻浪和隐藏在水边的黑黑的大河蟹，一定会让人激动得嘴都合不拢的吧！

2005 年的夏天，应在盘锦的大学同学之邀，辽西片的几位同学在盘锦举行了一次小范围的同学聚会，那是我第一次真正走进盘锦。错过火辣辣的夏季烈日，下午三四点钟的光景，我们驱车来到了一处苇场。不记得苇场的名字和道路了，只清楚地记得初见芦苇时心灵的震撼。哇！那是真正的芦苇荡，深得看不到尽头，就是千军万马藏于其间要寻找他们也如大海捞针般困难吧！踩着木板搭的小路，走进芦苇丛中的小木屋，凭窗眺望，立刻映入满眼的草绿，此处草是绿色的，芦苇是绿色的，水是绿色的，仿佛天都是绿色的了。如果乘着小舟，在河道纵横的夏日芦苇间穿梭，真的会迷失在这绿色的苇塘里。真想就在小木屋中留宿，看日出日落时火红与纯绿的相映成趣。当地同学提醒说，要经得起蚊子的叮咬哦！苇塘中的蚊子那可不是一般的厉害，而且无孔不入呢！

2010 年初秋的一个周末，晨光熹微，在淅淅沥沥，略带些凉意的秋雨中，应在辽河油田工作的高中同学邀请，与几位高中同学一起去红海滩。汽车沿着京沈、盘海营高速公路向红海滩进发。往日同学们在各自的工作岗位上不苟言笑，这会儿似乎又回到了学生时代，说着熟悉或不熟悉的人和事，笑谈着往日聚会时的花絮。不知不觉间就到了盘锦高速公路出口，油田同学迎接，前车带路向红海滩进发。汽车行驶初时还是柏油路，车很多，慢慢地变成了沙石土路，看路标是辽河油田的一个采油厂——欢喜岭采油厂。路况不好，车速就慢些，不过，这有利于我们观赏车外的风景了。

此时的芦苇荡芦花泛白，苇根已经枯黄，映衬得仿佛天地间一切都白白的、淡淡的、黄黄的，但芦苇荡仍然不失气势，更加轻巧地一浪压着一浪。一两根芦苇，头重脚轻根底浅，一片呢？盘锦人加强对芦苇生产的管理，变芦苇的自然生长为人工科学培育，誓将近万公顷的沼泽荒滩开垦成苇田。单等 11 月以后河水封冻，收割机开进来了，一车车的芦苇拉出去了，变成纸浆，再造出雪白雪白的一张张纸，让祖先的四大发明之一的造纸术不再为缺失原料而停下脚步。这是盘锦人的豪迈！而只有深入到芦苇的腹地，才会真正认识“湿地之都”这种深邃的豪迈。

车声惊动了一群在路边水泡中游泳的野鸭子，它们嘎嘎叫着扑棱着翅膀。依稀还听到了不知名的鸟叫声，顺着声音，看到了一只褐色的飞禽躲进了芦苇深处。老家在盘锦的同学熟悉地介绍说，芦苇荡中有许多种鸟，还有戏水的鸳鸯呢。大家就玩笑地说他小时候肯定是只羡鸳鸯不羡仙。

汽车以三四十迈的速度在芦苇荡中穿行了一个小时左右，红海滩呈现在面前了，同学们不禁一阵欢呼。

红海滩是被一种学名叫碱蓬草的植物覆盖的海滩。盘锦市政府注重对碱蓬草的保护和开发，使昔日平常的海滩成为一道亮丽的风景线。

正值涨潮时分，放眼望去，茫茫然海天一线，一条条亮亮的海沟蜿蜒着穿插于红色之间。微微渐黄的芦苇顶着乳白的芦花在海风中婀娜舞蹈。初时我们只是在堤坝上合影，慢慢地有人小心走下堤坝，本想投入红海滩的怀抱，可是害羞的碱蓬草下松软的湿泥和海水很快没过了脚面，它们是在用握手礼迎接客人。踩在一块小石头上，因站立不稳倒让照相多了一些动感，再顺手摘几枝芦花点缀着，立刻红草、白花、绿苇、蓝天、笑脸编织成一张张美妙的、焕发出生机与活力的画面。

当然，这画面里的主角都是女同学，两位男同学蹲在一处用手挖泥，不知是谁向他们喊了一句："干什么呢?"一男同学头都没抬道："捉螃蟹。"去午餐途中，女同学们问，捉到多少啊？有大螃蟹吗？够不够今天中午美餐一顿的？另一配合的男同学抢着说，那是相当的大，三只，都放入矿泉水瓶里了，从瓶口处横着放入还有空地呢，不信，你们自己看。哈哈……同学们笑得捂着肚子直喊痛。

2011 年的初冬，沿着滨海大道，我又一次走进了盘锦，走进了辽宁"五点一线"沿海重点发展区域的辽滨沿海经济区。

滨海大道是辽宁沿海开发战略的重要举措，对于辽宁老工业基地的振兴将起到进一步的推动作用。从丹东到山海关的这道海上长廊，必将和辽长城、清柳条边一起载入史册。车行在滨海大道上，会让你恨不得能多生出几只眼睛。稻田中刚刚收割还没有运送出去的金黄的水稻整齐地码放着；河蟹池塘虽然已经显露出了黑黑的泥土，但是蓝的、黑的围栏还能让人一下就认出它原来的功用；或稀或密时而出现的石油钻井平台总是让人想起“铁人王进喜”；远远望去，还能看到一根根白色的，转动着的风车，这是我们辽宁的风力发电；最壮观的还要数晒盐池，各种形状的盐池子平铺在跨海大桥的两侧，与蓝蓝的大海相连接，让人的心情也开阔了起来。

经济的发展没有破坏生态的平衡，为了保护湿地，滨海大道在盘锦段做了适当的调整。辽滨新城规划结构布局为“一带、两轴、两圈、六区”，我们有理由相信，随着规划的付诸实施，一座经济繁荣、特色鲜明、功能完善、生态宜居、充满活力的现代化新型水城将崛起于渤海之滨。

这就是让我情不自禁地用浓墨重笔描画的湿地之都的色彩！

神游新疆库车

自从偶然听到了“库车”这个名字，我就再也挥不去对那里的渴望与好奇，于是，查遍网上关于库车的人文地理资料；于是，遍寻曾游历过库车的朋友对那里的观感与印象；于是，多次梦中神游那个古老而又神秘的地方——库车。

在图片中的库车神游，迷失于它奇特的山水地貌中；在文字间的库车神游，陶醉于它悠久的历史文化中；在朋友口中的库车神游，辗转于它丝绸之路的交通要塞中。然而，这些都是表象，我渴求西域较大古国古人和现代人的生活状况；我渴求龟兹文化的深厚底蕴；我渴求“西域乐都”“歌舞之乡”的美誉精髓；我渴求举世闻名的龟兹文化的发祥地和中西等四大文化交汇之地的龙马精神。

在龟兹古渡停泊，依稀看到了那张张古老的船帆；在库车大寺、库木吐拉千佛洞、雀离大寺、阿艾石窟流连，仿佛感受到了鸠摩罗什等龟兹文化的使者们留下的佛光；在苏巴什古城、库车王府做客，与龟兹国的王子公孙、臣民百姓一起“羌笛陇头吟，胡舞龟兹曲”；在克孜尔尕哈峰隧道、林基路大坝穿行，仰望着“克孜尔尕哈”姑娘的居所，感动着龟兹王弟的忠诚；在南山牧场放牧着卡拉库尔羊，与英俊潇洒的牧羊人一起吹筚篥，与美貌公主一起悲痛“千泪泉”，与龟兹国的著名音乐家，感动着羯鼓曲《耶婆瑟鸡》。

因库车小白杏而馋涎欲滴，因塔里木胡杨而唏嘘，因天山大峡谷而神秘，因龟兹乐舞而陶醉，因西气东输而壮观，更因龟兹王降龙的大龙池而浮想联翩……

我的目光聚焦在水域宽阔，清澈见底，曾栩栩如生出现在玄奘《大唐西域记》中的大龙池。

听到这样一个传说，在屈支国的东部有一座城池，城池的北面天祠前有个大龙池，池内有许多龙。近代有一个叫金花的明君，政教清明廉洁，感动了池中之龙，愿意为国王驾车。国王临终时用鞭子触动龙的耳朵，龙随即隐藏到池水中，直到现在。这座城池中没有井，人们都喝这个池中的水。池中的龙变成人形，和许多妇人交合，生的孩子骁勇无比，跑起来能够赶上狂奔的骏马。如此扩展开来，这里的人们都成了龙种。他们仗恃勇力作威作福，不听从国王的命令。于是，国王招引突厥族，杀死了这城里的所有人，这座城池也就荒芜了。但是，这些龙还经常出来和母马交配而生下龙驹，龙驹暴戾凶悍，难以驾驭，只有龙驹生下来的马才可以驯养驾车，因此屈支国多产良马。

屈支国即为今天的库车，联想着这样的传说，不禁会想：还能否找到那座荒芜的城池？那龙种、龙驹今安在？

一位朋友向我讲述了自驾游途经库车的观感。

2011 年 9 月他们两次进入库车。9 月 13 日，从塔克拉玛干沙漠中的塔里木（塔中）石油基地出发，沿沙漠公路北行，在轮南入 S165 库东公路西行，再折北行入 G314 国道西行，沿途风光秀丽，景色迷人，道路宽阔。他们不停地按动照相机快门，如此记录下了进入库车的时间为 12 时 48 分。进入库车县，没多做停留，只在库车附近吃了拉条子就继续西行去阿克苏了。再从阿克苏到喀什，沿昆仑山北麓东行至和田至民丰，再次穿越 522 千米沙漠公路，绕一周后又回到库车城区，此时已是 9 月 16 号。接着从库车入 G217 国道，即著名的独库（独山子一库车）国防公路，进入库车大峡谷。库车大峡谷中的一处，恰如西藏的“布达拉宫”，让人引以为奇，他们在此拍照留念。

沿此国道一直走到巴音布鲁克草原，其间属于库车的境地也不知道是在哪里划分的，总之是山谷形胜，大龙池也在其中。这位朋友边叙述边回味地感叹："新疆太大，每天以 600～1300 千米的速度一直在行车，新疆的国道比我们有些高速路还好，而且收费低而少。在新疆才能真正体会到信马由缰的快感，才能真正感觉到天高任鸟飞的豪迈！"

一位网友，他是一位新疆公路的建设者，也是一位勇敢的徒步摄影师，更是一位天才的写作者。他利用工作之余，靠自强奋进的精神，足迹几乎踏遍新疆的天山南北、大漠雪域；他更用相机和纸笔记录了新疆的秀丽和神奇。

他也曾为筑路而在大龙池边搭棚而居。

他相机中的大龙池，远处是白皑皑的雪山，中间是绿油油的针叶林带，近处是蓝汪汪的龙池水域。他叙述的龙池，分大、小龙池，有瀑布和暗河相通。现在由他们修建的公路，可以直达龙池附近，使人们更方便于游览大小龙池这一独特而秀丽风景区。为此，他很为自己的工作而自豪，同时，也深深怀念他因筑路而长眠在大龙池畔的三位战友。

天行健，君子以自强不息。龙马精神是中华民族自古以来所崇尚的奋斗不止、自强不息的民族精神。举世闻名的龟兹文化的发祥地、西域三十六国较大的城郭国、丝绸之路重要的交通要塞库车更是人杰地灵。

如今的库车，似一只展翅欲飞的雄鹰，正在积蓄力量，待机遨游苍穹。

曾看到一则报道：《新疆库车出台优惠政策促进旅游产业发展》。

库车县财政每年安排 600 万元旅游专项资金，并且按每年增加 10% 列入财政预算，重点用于规划编制、人才培训、旅游项目基础设施建设、整体宣传促销、农家乐补助、旅游纪念品开发等方面。由此，库车县委、县政府开发旅游业的力度可见一斑。

对在国家级一般期刊和新疆发行的刊物上发表关于库车旅游业发展的学术论著及反映地方民俗的中长篇小说、电影电视剧剧本作者，分别给予

10 万元、5 万元和 3 万元奖励。对创作反映库车并以县城乡村风貌为背景拍摄的电视剧、电影，给予剧本作者 1 集 1 万元的奖励，影视剧播出后拍摄作者一次性奖励50 万元。——这样的消息，对于空腹爬格子的写作者们不能不说是极大的鼓励和福音。

从来没有想过腾讯微博这样新潮的互动方式会和一位县长紧密地联系在一起。然而百度搜索，很容易就能进入库车县长玉素浦江 · 买买提的微博。这位维吾尔族县长和全中国所有的县长一样，时而严肃地在县人大会上做着政府工作报告；时而主持召开政府工作会议，与政府班子一起讨论重大决策议程；时而下乡调研，倾听群众的呼声，关心群众的冷暖。

然而，这位县长能够将民众的点滴生活、新疆政府信息、腾讯新闻、新疆民族知识、平安健康等信息，用腾讯微博这个现代的科技手段进行公开诠释，真正做到了与时俱进。

在县长的微博中，我们能找到百姓与县长间关于民生问题的直接对话；能看到县政府及相关工作部门的政务公开制度；能了解新疆古老、幸福、吉祥的传统节日努肉孜节即“迎春节”。

努肉孜节是新疆地方传统节日，具有 3500 年的历史。在库车县各族群众以不同的方式欢庆传统节日的笑脸上，我似乎找到了什么，是什么呢？是龟兹文化中的“龙马精神”吗？

如今的库车，既有底蕴深厚的龟兹文化又有不断开发的独特山水，既有政府政策支持又有龙马精神的人为动力。我愿意相信，这个古老而崭新的旅游胜地，这个国家历史文化名城将是人人向往的神奇之地。

纸上得来终觉浅，绝知此事要躬行。神游毕竟认识不足，有朝一日如能亲临库车，去触动“龙马精神”的底蕴，那应该是人生之最大幸事，我期待着……

清澈奔流的水

水，是生命之源，她似胸怀宽广的母亲，用饱满的乳汁孕育着一个个国家和民族；她又似羞涩的少女，用清澈的明眸顾盼着天地间的至爱真情。

清澈奔流的水，从雪山而来，把一份厚重的爱，注入大地，滋养着万物生灵，于是，这一片土丰腴了，这一片地肥美了。清澈的水奔流过后，原本干旱的大漠雪域出现了绿洲，成为“塞外江南”。一方水土养一方人，于是，在被风沙包围着的这片丰腴肥美的土地上生活的人们，便也具有了独特的品格与神韵。

我一直在寻觅，寻觅这样的水、土和人。

童年时代，因迷恋头戴一顶民族花帽，背朝前脸朝后骑着一头毛驴，滑稽而幽默的阿凡提，不惜翻山越岭地追赶着露天流动放映队，虽然因天黑路滑吓得发誓不再去外村去看电影了，可一听到消息还是按捺不住心中的渴望。在这样的追寻中，了解了什么是幽默、笑话；知道了在遥远的西部有一个地方被称为“新疆”，有一个少数民族叫作“维吾尔族”；懂得了什么是勤劳、乐观、豁达向上、富于智慧和正义感。

人到中年，原本已经过了追星的年纪，却又迷失在沙哑中带着清亮的歌声里。在质朴、粗犷、热烈、奔放并充满神秘色彩的歌舞中，记住了“刀郎”这个名字，又求知欲极强地寻找“刀郎”名称的由来。

刀郎这个名字是因为他的声音特点和新疆南部刀郎族人声音很相似，而“刀郎”与“多浪”是现代维吾尔语“Dolan”一词的两种译法。多浪人是居住在叶尔羌河下游及塔里木河中上游地区的维吾尔族的一个组成部分，在语言、文字、宗教、风俗等方面两者差异甚微，因地理环境、历史背景逐渐形成了独特的多浪文化。

从童年寻觅到了中年，终于有一天，当偶然接触到阿克苏地区的人文历史，我仿佛找到了一丝慰藉。

阿克苏，维吾尔语，意为“清澈奔流的水”“白河”“白水”。阿克苏河水来自天山，河水呈白色。汉为姑墨国地。北宋属高昌回鹘，南宋属西辽。明属东察合台，明末清初属准噶尔。清乾隆二十四年（1759 年）设阿克苏办事大臣，驻地在今天的温宿。光绪九年（1883 年）在温宿城东南三十里择地修筑阿克苏新城，为阿克苏道、温宿直隶州治所，位置在今阿克苏市区内。1983 年撤县改市。

在阿克苏地区，从“县名”中也能感受到这里独有的关于水、土、人的地方特色。

温宿县，维吾尔语为“多水”；库车县，维吾尔语为“胡同”；沙雅县，维吾尔语为“首领对部下爱抚”；阿瓦提县，维吾尔语为“繁荣”；柯坪县，维吾尔语为“洪水、地窝子”；新和县，汉语为“新疆永久和平”；拜城县，突厥语为“富庶的地方”；乌什县，突厥语为“物之顶端”。

寻找有着独特神韵的水、土、人的同时，我还寻觅到了一种别样的生活——旅游。通过旅游，可以亲眼目睹原本虚幻中的一切，可以将迷恋变成现实。

我是旅游从业人员，也许是职业习惯，每到一地，每阅读浏览一篇文章，总是将关注的焦点放在“吃、住、行、游、娱、购”六要素上。在阿克苏，在清澈的水奔流的地方，在成功举办的 8 届“多浪·龟兹”文化旅游节中，我找到了独具特色的旅游六要素。

吃在阿克苏。

在新疆，在阿克苏地区，举办旅游美食文化节，已经成了阿克苏地区特色旅游文化之一。看，2010 年的多浪河景观带，2011 年的库车县龟兹文

化广场，那时那地是世界各地烹饪高手的舞台，是美食家们的乐园。

新疆阿克苏的特色小吃多得数不清，仅提名字就会让人馋涎欲滴。

手抓饭，维吾尔族称“朴劳”，是维吾尔民族逢年过节、婚嫁喜庆日子里，招待亲朋贵客的主要食品之一。特别是在婚丧嫁娶的日子里，一定要做抓饭来招待客人。维吾尔族传统食用抓饭，是客人们洗净手后，围坐在炕上，中间铺一块洁净的餐布，抓饭盛盘端来后，客人用手直接抓食，故名“抓饭”。如今，手抓饭制作方法已经流传开来，得到了人们普遍的喜爱，但如想体会用“手”抓吃的感觉，怕是要亲自走进维吾尔族百姓的家中才能体会那味正香浓吧！

馕，有五十多个品种，已有两千多年的历史，据考证，“馕”字源于波斯语，流行在阿拉伯半岛、土耳其、中亚细亚各国。维吾尔族原先把馕叫作“艾买克”，直到伊斯兰教传入新疆后，才改叫“馕”。馕的一般做法跟汉族的烤烧饼很相似。传说当年唐僧取经穿越沙漠戈壁时，身边带的食品便是馕，是馕帮助他走完充满艰辛的旅途。有了这个美好的传说，各族人民把馕看作日常生活必备的食品。馕含水分少，久储不坏，便于携带，适宜于新疆干燥的气候；加之烤馕制作精细，用料讲究，吃起来香酥可口，富有营养，各族人民喜爱烤馕就不足为怪了。

曾经在新疆吃过热乎乎的烤馕，那味道至今难忘。吃得好，也带回十多张馕让亲朋好友品尝，但再吃时，发现馕的味道变了，还相当地练牙口。这大概是跟放置时间过长，环境变化了有关吧！因此说，要想享受正宗的美食，必须得去当地不可了。

住在阿克苏。

阿克苏地区属大陆性气候，气温变化剧烈，昼夜温差很大，素有“早穿皮袄午穿纱，晚围火炉吃西瓜”的说法。当地居民大多信奉伊斯兰教，地理和人文因素对建筑产生深刻影响，形成了鲜明的地方特色和民族特色。

有一种“阿以旺”式住宅，房屋连成一片，庭院在四周，平面布局灵活，前室称“阿以旺”，又称夏室，开天窗，有起居会客等多种功能，后室称冬室，做卧室，一般不开窗。

信仰伊斯兰教的民族喜好清洁，很重视沐浴，特别讲究水源的洁净。在没有渠水可引的地方，几乎每户都在庭院中自打一口井，并严格保护水源，使其不受污染。

如果说吃的食品可以带到别处去品尝、制作，那么居住的房屋环境，搬是搬不来的，如果想亲自体验，那就快快住进去吧！

行在阿克苏。

不到新疆，不知道地域之辽阔。有人笑谈，在新疆要去的一处地方离得很近，开车只需五六个小时就到了。

阿克苏是新疆南北要冲和东西贯通的关节点，是我国向西开放的桥头堡，区位、地缘优势突出。自古阿克苏地区就是丝绸之路上的重要枢纽，现如今，以阿克苏为中心北到伊犁400千米，南至和田500千米，西到喀什500千米，东到库尔勒500千米，西北到吉尔吉斯斯坦首都比什凯克500千米，都有公路直达，方便而快捷，特别是阿克苏到喀什的高速路建设是纳入全疆整体建设之中的重点工程。

游在阿克苏。

阿克苏地区是新疆旅游资源的博物馆，境内旅游资源丰富，有早于敦煌石窟200多年开凿的四大石窟之一——克孜尔千佛洞，长河落日的中国第一大内陆河——塔里木河，天山第一峰——托木尔峰，离人类最近的冰川——科其喀尔冰川，有世界第二大沙漠——塔克拉玛干沙漠，有世界最大的原始胡杨林——沙雅原生态胡杨林，有超乎寻常生长着千年奇树的神木园，有中国最美的峡谷——天山神秘大峡谷和温宿神奇大峡谷……高山、湖泊、峡谷、胡杨、大漠、戈壁、绿洲交相辉映，构建了阿克苏旅游独有的魅力和气质。

在库车县举办的第四届阿克苏龟兹文化旅游节上，首次推出了阿克苏

四大精品旅游路线。

①龟兹文化精品游：由库车县经拜城到新和，历览四大石窟之首克孜尔千佛洞、克孜尔尕哈烽燧、千泪泉、库木吐拉千佛洞、龟兹故城遗址、昭怙厘大寺古城堡、森木赛姆千佛洞等系列人文遗址；②大漠风光游：沿国道314线开辟库车—沙雅—阿拉尔—沙漠公路—和田的沙漠风情游，沿途荟萃了天山神秘大峡谷、大龙池、天山神木园、世界第二大流动性沙漠塔克拉玛干大沙漠等自然景观；库车—拜城—乌什丝绸之路旅游线路。沿国道217线开辟喀纳斯—库车大小龙池—拜城温泉等南北疆风光线路；③南疆民族风情游：由库车—拜城—温宿等线路，沿途将领略库车大寺、库车大巴扎、库车王府、默拉纳额什丁墓、麦吾兰清真寺、库车老城遗址、温宿古墓群、高老庄、高台民居等南疆民风民俗；④阿克苏工农业游：这条线路集中了西气东输的气源地——克拉2气田、库车龟兹绿洲生态园、英买力油气田、温宿核桃林场蟠桃园生态旅游区等极富南疆特色的生态景致。

在沙雅县举办的第五届阿克苏龟兹文化旅游节，以“金秋胡杨韵，塔河沙雅情”为活动主题，使更多的人了解了“中国塔里木胡杨之乡”。听一位朋友介绍后得知，原来，胡杨最美的金黄色时期很短，只在11月23日前后短短的几天时间，如果你是摄影师，想抓拍那最灿烂的金黄，就得掌握好时间，机不可失，时不再来哟!

在温宿县举办的第八届阿克苏“多浪·龟兹”文化旅游节暨首届万人徒步天山（托木尔峰）健康行活动在温宿县的天山主峰——海拔7443米的托木尔峰脚下开幕，围绕“龟兹故地·西域精粹”这一历史文化品牌，借助新疆天山申报世界自然遗产名录的契机，以“新疆天山遗产提名地”——天山主峰托木尔峰为核心，打响了“不到阿克苏温宿，不知天山（托木尔峰）之壮美神奇”的旅游战役。

娱在阿克苏。

多浪文化（刀郎文化）以民间形式而存在，以劳动和爱情为主要题材，具有歌词随编随唱及旋律奔放流畅的特点。独有的创作方式将这种民间艺术带出戈壁荒原，走出国门，走进维也纳音乐殿堂。2005 年 11 月，全球著名的音乐殿堂——维也纳金色大厅迎来了中国首个民间农民艺术团体——新疆阿克苏市阿瓦提县刀郎木卡姆艺术团。十多位老艺人在那里向世人展示了他们所引以为豪的刀郎木卡姆歌舞。年近 70 岁的依米尔·艾买提是刀郎木卡姆的阿希克（民间吟唱者）和手鼓艺人，也是阿瓦提的“歌王”。他少年时就开始接触木卡姆，至今已经有半个世纪。外国专家听了他的演唱以后，感动得热泪盈眶，并称赞他的歌声是“真正的来自大漠深处的对于苦难的呐喊和对生命的呼唤”。

阿克苏博物馆再现了多浪人生活、龟兹乐舞、古代货币铸造场景，展示了阿克苏特有的“龟兹文化”和“多浪文化”；央视七套《乡村大世界》走进了阿克苏多浪水韵广场；中央电视台阿语频道在阿瓦提县拍摄了多浪歌舞表演、农民作画的过程等当地特色文化，用丰富的电视手段深入浅出地诠释了多浪文化；阿克苏与上海东方电视台、新疆电视台联合举办了“塔河浪·浦江潮”大型电视春节联欢晚会，返沪十余万上海支边青年及其儿女家人无比激动，争相转告，纷纷收看，仿佛见到亲人一样激动；邀请著名作家、学者来到阿克苏，用他们的语言、文字、照片来记录阿克苏人文、景观、经济、民俗，讴歌阿克苏风情与历史文化。

购在阿克苏。

阿克苏的温宿县素有“塞外江南”“中国大米之乡”之称。阿克苏市政府按照“水韵之城，人居最佳”的总体规划，努力打造“西部休闲之都”。仅在阿克苏市举办的“多浪·龟兹民间手工艺品暨旅游纪念品大赛”活动中，反映民俗文化、多浪文化的手工艺品旅游纪念品就有 1100 多件。

来到多浪河景观带，来到乡村农家，吃着农家饭，睡着农家炕，干点农家活，体验一回田园生活，这些饱含浓郁乡土气息的特色游一定会让你乐不思蜀。归去时再捎上一些刺绣、编织、木雕、皮雕等手工艺品及特色干果，那就更是满载而归了。

阿克苏，清澈奔流的水，她是镶嵌在古丝绸之路上的一颗璀璨明珠；她是古丝绸之路北道政治、经济、文化和佛教中心；她也自古就是东西方文明的交会地、龟兹文化与多浪文化的发祥地。

让我们一起相约，相约去阿克苏，感受阿克苏悠久绵长的历史文化，欣赏阿克苏绚丽多彩的民族风情，游历阿克苏神奇独特的自然风光，品尝阿克苏风味独特的美味佳肴。

相信，拥有天时、地利、人和的阿克苏，正翘首等待着我们的到来！

月光下的周庄女人

文人笔下的女人，有的“回眸一笑百媚生”，有的“手如柔荑，肤如凝脂”，有的“文采精华，见之忘俗”，几乎清一色的“南国有佳人”。生长在塞外北国，周围都是些和我一样粗声大嗓的女人，于是便在情窦初开的少女时，朦胧地感觉到了女人间的差异；于是便梦想着也能成为诗人笔下水样的女人；于是便渴盼着亲近一回细致的江南女人。

在古镇周庄，我梦想成真。

苏杭出美女，路人皆知，究其原因，大概因为温湿的亚热带季风气候的滋润，再加上浓郁的千年历史文化的浸润。位于上海、苏州、杭州之间的泽国古镇周庄，唐风孑遗，宋水依依，既有灵秀的水乡风貌，又有浓郁的吴地文化，这里的女人，想必定有不同于别处的独特气质，或高雅或古朴，或天生丽质，或超凡脱俗。

在一个芦花泛白的金秋，我走进了周庄。

据旅游业内人士介绍，看周庄最好的时间点是清晨里、黄昏时、夕阳中、月光下。这几个时间点没有熙熙攘攘如潮的游人，没有喧闹和浮躁，一切都静悄悄的，恬淡、从容、超然、宁静和空灵，可以静静地感受纯粹的风景与人文。于是，我选择了夜宿周庄，选择了在最好的时间点去寻觅周庄的女人。

黄昏时，在文物古迹中追寻着那些成为历史的女人。徜徉在明清的街头，漫步在狭窄的青石板街道上。周庄人家因水而筑，依河而生，粉墙黛瓦的深宅大院，雕梁画栋的临水小阁，比比皆是。来到“轿从前门进，船从家中过”的张厅前，想象着在这深宅大院中生活过的女人们一定是风华

绝代，琴棋书画样样精通的吧？

夕阳中，那些造型独特的“桥”闯入眼帘。来到一座立体形的桥头，知道这一定是江南仅存的桥楼合璧建筑的富安桥，桥下的水面上静静地倒映着河边的民居。正待上桥时，看到一位穿着黑色的布裙，发髻上罩着黑色网巾的老年女人，颤颤悠悠地走过石阶，向我走来。有那么一瞬间，我怀疑自己看花了眼，是不是穿越时空回到了前朝。愣怔之际，老妇人走过我身边，目不斜视地向前走去。“老婆婆——”我这才想起应该问点什么，不知是没听见还是我问得晚了些，她压根儿就不知道我是在向她问话，没有回头也没有一点反应，径直向前走着。不好打扰她，我咽下了后面的话。

“双桥”，顾名思义是由两座桥相连为一体的桥。能够并蒂而存在的同一事物，应该有成双成对的含义在里面，不知这双桥上留下过多少才子佳人的传奇。当我踏上双桥，准备讨点彩头，重温一下青春的记忆时，看到了一对年轻人。男孩子手拿相机充当摄影师，女孩子手执油布伞充当模特。女孩子的服饰引起了我的好奇心，她头上系一条红色的毛巾包头，两侧露出扎着红绒头绳的乌黑发亮的两根辫子，身穿小花头的大襟短袄，花布滚边，小琵琶扣，腰间一抹士林蓝布百褶小围裙，腰兜板绣有各种精美图案，蓝色的彩带头上还缀有红绿流苏，裙下一条青布裤，脚穿绣花滚边布鞋。这是活脱脱的戏中人啊！我似年轻的追星族般问：“你们是演员吧？准备拍什么戏呢？”见我如此激动而热切地提问，两位年轻人掩口而笑，男孩子爽快地回答：“我们是东北人，她的妈妈祖籍是周庄的，这次我们是旅行结婚连带劝亲，她这身衣服是亲戚的。”

原来是这样啊！“哦！那你们接下来准备怎么样玩儿？”我虽然不好意思打扰这对新婚中的年轻人，但遇着老乡了，又可以说是遇到半个当地人，为了深入了解周庄的女人，我还是忍不住问。

“去赏南湖秋月！”两个人异口同声地回答。“带上我吧，让我当一回电灯泡，为你们照亮周庄的夜空！”我幽默地恳求着。也许是我傻傻的真诚感动了他们，也许他们真的想找个电灯泡照亮，竟同意了。

当月亮挂在天边的时候，我和两个年轻人乘上了他们亲戚自家的小船，开放的船舱中挂着一盏不知什么燃料的灯，小船熟门熟路地向位于镇南的南湖驶去。

驾船的是一位中年女人，听两位年轻人喊她“姨妈”。借着月色和两岸红灯笼的光线，我仔细地打量着她，只见她穿着浆洗得干净笔挺的士林蓝布大襟短袄，浅湖色的滚边和琵琶扣，腰间系着蓝布百褶围裙，围裙外还系着同样颜色的小围裙，脚上穿着素色布鞋，头上是素色的包头，整个装饰朴素大方，给人一种清雅之美。“你平时都是穿这样的服装吗？”我管不住自己地问。“哈哈，也不是啦！如果不招待客人，平时我和你们的穿着没什么两样的。”“姨妈”爽朗地笑着回话。通过她的介绍，我了解到，这是她们周庄传统的服饰，现在除了中老年人，很少有人这么穿的了。周庄古镇旅游开发之后，传统的服饰和绣活才得以继续传承。像包头、腰兜板、彩带、花布鞋，都是她们亲手绣成的。年轻的姑娘爱绣牡丹，意为幸福富贵，年长的求平安，则爱绣莲花。

小船在月光下游移，穿桥过洞，每穿过一个桥洞就出现一种景色，我感受着“水、桥、街”的精致和典雅的意境。咦！我惊奇地发现了桥的变化。白天时桥是半圆拱，晚上月夜下怎么变成了全圆拱？大自然的变化真是太精妙了。周庄的河，水路弯弯，在月光下映出了一个宁静而美丽的小镇。小船载着我们随着河水静静拐过镇子中央，又温柔地穿过一座座古旧宅院，绕过几座古老石桥。泛舟在月光下的河上，周庄又是别有一番风味。

周庄是水的世界，看着月光下两岸的民居，我又向“姨妈”问些周庄人家的生活细节。得知临河人家多从窗口用吊桶取水，周围的妇女们也多用河水淘米、洗衣，一代又一代的周庄人就是这么生活的。看来周庄的水

必是清澈的。周庄现如今的女人们，白天和男人一样做各种生意，晚上还得做家事。周庄的女人一定是温柔、美丽、多情的，而周庄女人最重要的品质定是勤劳而勇敢的。周庄的男人以善于经商而闻名于世，那么这辉煌的背后，一定倾注了周庄女人的汗水甚至泪水。比如丝绸、刺绣等手工业，一定是女人的舞台。正是女人的辛勤劳作，才换来男人商场上的八面威风，游刃有余。

不知不觉水面渐渐宽阔了起来。这是个难得的好天气，头顶上明月高悬，引得秋夜更加的醉人。远处的民居中灯火点点，在月明星稀的夜下，似星星撒落在岸边。湖面上一丛碧绿、一丛金黄，小船停于其间，静得听得见自己的心跳，大家都不言语，我也停止了询问。新婚小夫妻相拥着凝望夜空，也许他们正在畅想着美好的婚姻生活。“姨妈”手握船桨，入定般地，静静地坐在她的岗位上，也许只有此时，她才会有片刻的歇息吧！

夜晚有些凉了，新娘子首先坚持不住，新郎就知冷知热地提议返回了。

深夜，沿河的茶庄还在营业。我辞别了新婚夫妻和他们的“姨妈”，走进一家茶庄。早就听说到周庄不吃阿婆茶，不算真正到过周庄，吃过阿婆茶的人，才能品出水乡古镇的味道来。想必“阿婆茶”定是和阿婆有些关联吧！

见有人进入茶室，一位年轻的小伙儿热情地迎上来招呼。我有些诧异，又怕说错了让人见笑，只说：“我要喝一泡‘阿婆茶’。”“好嘞，您入座稍等。”小伙子一边轻快地做着喝茶前的准备工作，一边介绍。可能从口音中知道我是东北人，小伙子详细地讲解着江南水乡的“茶道”，简直有一些卖弄，不过，这正是我进来喝茶的目的。

周庄人历来有吃“阿婆茶”“讲茶”，喝“喜茶”“春茶”“满月茶”等习俗。周庄的“阿婆茶”在江南水乡颇有名气。在周庄，无论在市镇或农村，经常可见男女老少围坐一席，杯杯清茶，碟碟茶点，悠然自在，边吃边谈，有说有笑，其乐无穷。这种习俗，自古迄今，称为吃“阿婆茶”。喔，喔！我原来还以为是女人专喝的茶，或是由阿婆亲自煮的茶才称为“阿婆茶”的呢！

通过小伙子的介绍，我知道茶庄的生意很火，几乎是24小时营业，小伙子上的是晚班。即使正宗的“阿婆茶”真的是由阿婆来煮茶的，此时，我也不会让阿婆来服务了，阿婆们太累了，应该让她们歇歇了。

因为喝了茶，也因为夜游了周庄，直到天快亮了，我才渐渐地入睡。我知道，月光下的周庄女人们此时早已经进入了梦乡。我也知道，当露水和晨雾还未消散时，淘米的婆婆就会弯腰取水，摇橹的姨妈就会慢悠悠地用船桨点破一整夜的静，水乡姑娘就会打开第一扇天窗。

塞北寻踪

1. 银冈书苑

戊子初夏，为了深入了解东北地区历史古国、民族分布、文物古迹及历史文化开发利用现状，进一步夯实学会会员的文化底蕴，为开展地域文化的研究和弘扬本地区历史文化提供思路，市历史学会张助群秘书长一行八人开始塞外古国一游，寻故溯踪，同亲山水，其乐融融。

从市区出发，驱车四个多小时到达现如今春晚名人赵本山所说的“大城市”铁岭。

明代的铁岭是我国的边塞重镇，龙首山下的银冈书苑，至今保持完好。银冈书苑的创建者是清顺治年间进士、湖广道御使郝浴。郝浴是清代著名的政治家、思想家、诗人，他为人刚直不阿，在巡防四川期间，因弹劾当时权贵吴三桂，于顺治十一年（1654 年）九月贬谪奉天。清朝初年大批文化流人谪戍辽宁，其中主要是铁岭的尚阳堡（明称“靖安堡”）。流人郝浴被流放到尚阳堡，后来在铁岭创建了“银冈书苑”，聚徒讲学。银冈书苑被誉为“东北第一书院”，为辽北文化的传播做出了很大的贡献。

周恩来少年时曾在银冈书苑学习，并留下了“为中华之崛起而读书”的鸿鹄之志。

从铁岭向北，来到开原。史料记载，开原老城东北镇关外，叶赫部曾在北岸定居；八棵树古城屯有哈达古城；962 年，辽打败渤海国，在此建郝里太保城；还有威州古城；金末，辽东宣抚使蒲鲜万奴叛金后建立的地方政权——东夏国也曾在南京建都。现如今这些只是史料记载，已无迹可考。

驱车继续向北，夜宿四平。

2. 叶赫古城

四平是东北的军事重镇，古设有叶赫驿站，解放战争期间，“四战四平”名遐中外，被史学家誉为“东方马德里”。打响中华民族抗战第一枪的马占山将军、张学良将军的夫人于凤至女士都出生于这块土地。

距市区 50 千米的二龙湖畔燕国古城遗址，是汉族最早开发东北的见证。古伊通州、辽代韩州、金代信州、明代叶赫落部都在四平及周边地区留下了历史的印迹。现有资料可查的有布尔库图边门衙门、偏脸城遗址、秦家屯古城遗址、赫尔苏古城遗址等遗迹。

我们驱车来到了距市区 30 千米的叶赫满族镇。这里是清代孝慈高皇后的出生地，慈禧、隆裕两皇后的祖籍地。明代叶赫部落在此建有东城和西城，东城是清太宗皇太极外公所居之城，史称叶赫东城。我们辗转了几个来回，向当地的老百姓打听东城、西城的遗址。这里山清水秀，民风淳朴，可大多数人已不知那些陈年往事了，后来问到一个二十多岁的青年女子，她因为上学的时候学到过历史知识，知道一些情况，给我们指点了西城遗址所在地。车停路边，下车往里走有三十来米，见到有吉林省人民政府于一九八一年四月所立石碑——叶赫古城。旁边有一大土台，就是叶赫西城的遗址。登上土台，映入眼帘的已经是当地老百姓的庄稼地。站在台上放眼四望，尽管都是耕地，但台上要比台下高出四五米，高出部分方圆几十平方米，高出的部分想必就是叶赫城墙了吧。

在叶赫满族镇附近，建有“叶赫那拉城”，里面有清代三位皇后（孝慈、慈禧、隆裕）的蜡像和介绍。该城建时为拍摄电视剧所用（电视剧名称不详），现在为游人进一步了解叶赫部落历史提供了帮助。

3. 伪满洲国皇宫博物馆

从四平起程，首先到达吉林省会城市长春，参观了伪满皇宫。伪满皇宫是清朝末代皇帝爱新觉罗·溥仪充当伪满洲国傀儡皇帝时的宫廷遗址及重要文物保护单位，用时半天。因为史料对此记载翔实，在此不一一赘述了。

吉林市是吉林省第二大城市，位于中国东北吉林省中部偏东的松花江流域，长白山与松辽平原的过渡地带。辖有四市一县，拥有汉、满、朝鲜、回等民族。

在战国或西汉初，秽貊族的一个分支系夫余族，是北方松嫩草原的主民。夫余国是一个历史悠久的地方民族国家，历时长达2000余年。其国殷富，“方二千里，户八万”，是黑龙江最早的政权形式，属奴隶制度国家，都城为今吉林省吉林市，（亦有说今昌图县之扶余城即古夫余王所居），由囊离国王子东明王南下所建。自两晋以后，夫余政权逐渐衰落，都城也被迫由今吉林市西移至今吉林省农安县境内。夫余被勿吉人灭掉，一部分居民东迁并成立了东夫余国，东夫余国历时约700年，公元494年，为高句丽所灭。后世为便于与东夫余国相区别，遂将原夫余国称为北夫余。

吉林省农安县地处东北平原的十字路口，是中国辽金时期著名的经济、军事、文化重镇黄龙府所在地。建城已有2000余年的历史，是中国辽金文化和北方文明的发祥地之一。

农安现存的古遗迹有300多处。东夫余国的王城建于此；古建筑辽塔如今是农安的标志性建筑；现存的黄龙府古城墙遗址是农安县现存文化遗存中最具价值的，岳飞的“直捣黄龙府，与诸君痛饮耳”壮语使农安闻名遐迩。我们到了农安不仅见到了立于城中心保存完好的辽塔，而且还找到了正在重新维修中的金刚寺千年古刹。农安提出的打造黄龙府文化，在全国县区城市中首屈一指。

傍晚到达松原市扶余县，夜宿并向当地人考证从史料中掌握的历史古迹的情况。查资料记载松原及扶余等地有大金得胜陀颂碑等国家重点文物保护单位，有辽金时期古城址等省级文物保护单位，有建于1925年竣工于1927年的慈云寺、圆通观、三山寺等宗教场所，有电视剧《全真七子》拍摄的外景地。一是时间关系，二是询问大多数人对这些古迹知之甚少，我们只好作罢，休息之后又踏上了新的考察之路。

4. 圣·索菲亚教堂

沿国道继续北上，到达黑龙江省会城市哈尔滨。

第一站：索菲亚广场。广场以索菲亚教堂而闻名于世，哈尔滨市政府又在广场上修建了音乐喷泉，动感十足，很是壮观。索菲亚教堂是远东地区最大的东正教堂，是沙俄东西伯利亚第四步兵师的随军教堂。该师撤离后，隶属哈尔滨的东正教会。1907年，由俄商伊·费·赤斯嘉科夫出资6万卢布在随军教堂基础上重新建一座木制教堂（现已毁）。由于教徒数量增加，1923年又举行了第二次重建典礼，1932年落成并保留至今。该教堂是由俄国建筑师克亚西科夫主持设计。样体为砖石结构，建筑平面呈希腊十字方式布置。建筑面积721平方米。整个教堂分成四层，高度53.35米。该教堂基本属于拜占庭风格。主穹顶、钟楼又有俄罗斯传统的“帐篷顶”“洋葱头”的造型。圣·索菲亚教堂，高耸入云的金色十字架与红砖绿顶相辉映，显示出教堂主体的巍峨壮美气势。

参观完广场和教堂，在附近的商店里买到了“俄罗斯大列巴”和“哈尔滨红肠”作为午餐。车行在哈尔滨的大街上，看到了一节“有轨电车”，可能是哈尔滨市政府为了让人记住它曾经的光辉历史而留下供人参观的。

第二站：太阳岛。因为一首歌《太阳岛上》的传唱而妇孺皆知。哈尔滨太阳岛风景名胜区位于黑龙江省南部，坐落在哈尔滨市松花江北岸，东西长约 10 千米，南北宽约 4 千米，总面积 38 平方千米，与哈尔滨市区隔水相望。太阳岛风景区是以广阔的草原和平缓坡地上的灌木林带及河流纵横，水量充沛的水域为主要资源的江漫滩湿地草原型风景名胜区。四季的季相变化十分明显，春季山花烂漫，芳草萋萋，绿叶盈枝，鸟雀齐鸣。夏季绿柳如烟，繁花似锦，江天万顷，白沙碧水，草木茂盛。秋季金叶覆径，霜色正浓，辽阔草原似金色的海洋，霜天红枫层林尽染。冬季飞雪轻舞，玉树银花，冰封大地，白雪皑皑，一派北国风光。太阳岛不仅是夏季旅游避暑的胜地，更是冬季冰雪旅游的乐园。每年冰封雪飘的隆冬时节，这里银装素裹，玉树琼枝，好一派北国风光。人们到太阳岛上打雪橇、抽冰尜、乘冰帆、堆雪人、坐马拉爬犁等，冰雪游乐活动十分丰富。闻名遐迩的哈尔滨雪雕、雪塑，您一定听说过。哈尔滨一年一度的雪雕游园会就是在太阳岛举办的。由于岛上空气清新，污染少，雪质好，一到冬季，一座座造型各异的雪塑制品，竞相展现在游人面前，给岛上的冬季增添了无限生机。现在，哈尔滨市已经成功举办了十余届雪雕游园会，国际雪雕比赛也在这里举办过。

第三站：金上京会宁府。出了哈尔滨车行 23 千米进入阿城地界。首先映入眼帘的是一牌楼——上京会宁。接着参观了金上京历史博物馆，在金太祖完颜阿骨打的铜像前拍照留念。大金帝国是 1115 年完颜阿骨打建立的。金太祖、太宗、熙宗、海陵王四帝把都城设在今阿城达 38 年之久。它是上京路和会宁府的治所。金天眷元年（1138 年）加号上京。今天在位于阿城市南两千米，濒临阿什河左岸的白城保存了较为完好的唯一一处金代都城遗址——上京会宁府遗址。遗址主要由横竖相连的南北地城和皇城组成。城垣夯土版筑，由护城河环卫。皇城建于天会二年（1124 年），规模仿照北宋都城汴京（今河南省开封市），坐落在南城偏西处。在城南 500 米处还有金太祖完颜阿骨打陵墓。

5. 渤海上京龙泉府遗址

东北地区是满族的发祥地。满族的前身是女真，女真的前身是靺鞨，靺鞨的前身是肃慎，它们组成了东北地区古老的肃慎族系。它们先后建立了渤海国、大金王朝，以及清王朝，形成了三次大的发展高潮，三次大的崛起，并且一次比一次强大，谱写了黑龙江流域古代文明的华彩乐章。形成了闻名中外的金源文化、渤海文化、流人文化，还有神秘的远古文化。此游记上篇到金都阿城追溯了“金源文化”，此篇主要是追溯渤海古镇的“渤海文化”，到宁安古城追溯“流人文化”。

渤海国是满族的祖先粟末靺鞨族建立的地方民族政权，是粟末靺鞨首领大祚荣，以隋末唐初先后迁居今辽宁省朝阳地区的两批粟末靺鞨和部分“高句丽余种”为基础建立的国家。公元 698 年（武则天圣历元年）建国，初称“震国”，七年后臣服于唐王朝后被称为“忽汗州”，十五年后又被唐王朝封为“渤海国”，史书上也称为“渤海都督府”。926 年被契丹国所灭，计建国 229 年。渤海国是唐代东北地区国土辽阔的强国，是当时赫赫有名的“海东盛国”。上京龙泉府是古渤海国的都城，人口最多时达 10 万人，是中世纪亚洲仅次于长安的第二大都市，当时享有“忽汗王城”的美誉。其遗址处在物阜民康的牡丹江中游，距镜泊湖不足 20 千米的宁安市的渤海镇。

现今可见的遗址有上京龙泉府遗址。遗址上的龙泉府已经芳草萋萋，残垣断壁，失去了往日的荣耀，但仍可见原有的规模与恢弘，我拾得几片残砖碎瓦留作纪念。

遗址中的八宝琉璃井是一口很深的千年古井，是渤海国国王的饮水用井，历经千年不枯不涸，至今水量充沛、水质清澈，千年前的风采依旧。喝一口甘甜爽口，与先人同饮一井水，汲宝地之灵气，取先贤之睿智。这是一种特值得珍惜的千年之缘、千年之约。

兴隆寺是现今保存最完整的遗址，俗称“南大庙”，大雄宝殿中有一尊大石佛，是渤海时期的遗物。

渤海上京龙泉府遗址中还建有遗址博物馆，该馆是渤海国历史经典的浓缩，是渤海文明的活标本。馆中展出了佛家供奉珍品舍利函，用于佛教装饰的金器、银器和铜器，用于生产生活、战争的铁器等大量的精品文物。主要遗物还有石灯幢、大石龟、文字瓦。进入该馆如同在翻阅一部内容丰富的“渤海国志”，仿佛走进了东北地区古老的历史。

车到宁安城边时，拐进了古老的宁安城。宁安古称“宁古塔”，是一座文化底蕴厚重的古城。清代大批获罪的官员、文化人等被发配流放到这里，带来了中原优秀的传统文化，并与当地土著文化有机结合，形成了富有东北特色的“流人文化”。这里留下了大量当年的文化遗存。

从厚重的古代文明中走出来，继续向东，沿途可见亚布力滑雪旅游度假区的标志，因为是初夏，不能感悟到那千里冰封、万里雪飘的雪中激情，只是在车中远观了褪去冰雪外衣的森林滑雪场。

再向东行到黑龙江省海林市横道河子镇，一座威虎山城展现在我们面前。不论是作者曲波根据本人的经历创作的长篇小说，还是小说改编的电视剧《林海雪原》，特别是 20 世纪 70 年代的革命现代京剧《智取威虎山》，其中有一句话，可以说是家喻户晓。到了此地怎能不留下买路钱哟！威虎山城是一座影视城，先后有《林海雪原》等十一部电影、电视剧在此拍摄完成。威虎山城观光，可以欣赏到林海雪原和威虎山壮美景色和历史风貌；度假，住在林海镇、夹皮沟体会东北农家风情；购物，可以买到正宗的山货；教育，是爱国主义教育基地，一群大学生来到这里实习，正在采集标本和观察鸟类的活动。深入到林海雪原，你会忘却一切烦恼，仿佛真的置身于世外桃源。

一路东行，到达边境城市——绥芬河。经朋友联系来到中国与俄罗斯交界的357号界碑前摄影留念，并一脚门里一脚门外地采到了几朵俄罗斯小蘑菇。到绥芬河最大的体会是，曾经红红火火的边境贸易已经日渐萧条了，可惜！

6. 镜泊湖与长白山

从绥芬河边境我们一行开始踏上归程，经牡丹江沿国道折向南行。

黑龙江是我国木材的集散地，沿途可见许多木材公司。黑龙江还盛产木耳。受生长习性和气候等自然条件的影响，黑龙江出产的黑木耳品质远远好于其他省份和地区，黑龙江木耳朵大，肉厚，口感滑润，无污染，以其特有的品质享誉国内外，堪称菌中极品，宴客珍馐。车行进中可在林间及空地上看到遍布的培植木耳的基地。

再过宁安市，来到了镜泊湖。镜泊湖是中国最大的典型熔岩堰塞湖。位于黑龙江省东南部，距牡丹江市区110千米的群山中（宁安市城西南）。唐代称为“忽汗海”，明、清时叫“毕尔腾湖”，意思就是“平如镜面的湖”，邓小平曾亲笔题词“镜泊胜景”。镜泊湖的吊水楼瀑布落差高达20米，水帘横空，飞珠碎玉，景色十分宜人。除吊水楼瀑布外，还有大孤山、小孤山、珍珠门等八景，是著名的旅游胜地。

沿镜泊湖水域一路走来，车窗外是一条条清澈的小河，一座座房屋整齐的小镇，有时也会出现几座树木繁茂的小山。六月的北国呈现给我们的是一幅江南水乡样的美丽画面。千年贡品“响水大米”就是这里的特产。

车行过敦化就是吉林省地界了。路遇“封路”标志走了许多的冤枉路，经打听得知“智取华山一条路”，要想到达长白山天池，最近的一条路必须穿过牡丹岭林区正在修路中的大蒲柴河至富强路段。当时天已近黄昏，为了赶时间，我们决定继续前行。由于在林区，树木本就遮天蔽日，初时还能见到车外的景色，很快天色就暗了下来。因封路极少有车辆同行，加之道路颠簸，速度很慢。一车独行在黑暗的原始森林中，现在想来都有些后怕。终于看到灯火了，夜宿松山镇。不知松山的经度是多少？一觉醒来，天已大亮，看时间才四点多钟，以为看错时间了，同屋的说她三点起来天就已经放亮了。松山镇是一个林场，四点多钟的时候，勤劳的林场职工们就开始劳作了。林区虽然有山珍野味，但蔬菜珍贵，所以我们就在旁边的小店中喝点豆浆吃点油条当作早餐，然后就直奔长白山天池了。

长白山天池又称白头山天池，坐落在吉林省东南部，是中国和朝鲜的界湖，湖是松花江、图们江、鸭绿江三江之源。天池东南西北四门，东门在朝鲜境内，我们到达的是北门。

天池因为它所处的位置高，水面海拔达 2150 米，长白山气候瞬息万变，使得天池若隐若现，故绘出了天池“水光潋滟晴方好，山色空蒙雨亦奇”的绝妙景象。如果你从南、西门来到天池，有时会看不到湖面。从北门进入可以有两条路线供人选择。一条路是坐车到达山顶俯瞰天池，和在南西两门一样。另一条路是沿着人工修建的栈道到达天池水边。不过这条路很是艰难，不仅有的地方台阶陡峭，而且越往上海拔越高，高山缺氧。另外就是天气变化很大，有时候要穿棉衣，行进中热了又不能脱下来，一冷一热极容易感冒。“一切风光在险峰”，克服困难以后是别有洞天。我们不仅仅近距离地与天池水碰触，还看到了珍贵的高山植物——天池白兰花以及不知名的花草。穿过栈道到水面还有一些距离，如果你实在走不动了还可以坐用直升机空运过去的电动车。

长白山天池是中国最深的湖泊，为 1702 年火山喷发后的火口积水而成。曾盛传湖中有怪兽，轰动一时，至今仍为一谜。周围有小天池镜湖天池的水从一个小缺口上溢出来，流出 1000 多米，从悬崖上往下泻，就成了著名的长白山大瀑布。

此外，在长白瀑布不远处还有长白山温泉，这是一个分布面积达1000平方米的温泉群，共有13眼向外涌水，水温在60~80摄氏度。水中含硫化氢，可治愈关节炎及皮肤病。吃上几个天池温泉水煮的鸡蛋，也就又解饿又不虚此行了。

下得天池，两路人马会合以后，如果你还有体力，长白山地下原始森林还可以让你领略其风采。穿行在人工搭建的木制小路上，看到的是真正的原始树木和花花草草，空气清新得让你深吸几口后就忘却了疲劳。

史料记载天池水“冬无冰，夏无萍”，夏无萍是真，冬无冰却不尽然，冬季冰层一般厚1.2米，且结冰期长达六七个月。天池水温常保持在42摄氏度，隆冬时节也热气腾腾。

长白山是中国十大名山之一，并与五岳齐名，是风光秀丽、景色迷人的关东第一山，素有“千年积雪为年松，直上人间第一峰”的美誉。

7. 集安与好太王碑

说到集安得先看其独特的地理环境。长白山西南部支脉老岭，穿境而过，把集安分隔为南北两半，像一道天然的屏障，挡住了北来的寒风。岭南的山谷平原淋浴着和煦的阳光，鸭绿江水滋润着肥美的土地，气候温暖，雨水丰沛，有着江南水乡的特色，素有“吉林小江南”之美誉。岭北则承受着冷风和寒流，当岭南春意盎然时，岭北依然冰封雪舞，一派北国风光。

讲到集安还得追溯其千年历史。早在三千多年前的周秦之际，高句丽族的先祖就生活在这块土地上。“高句丽”（“句”读作“勾”），史书中记作“高句骊”，简称“句丽”或“句骊”，是公元前1世纪至7世纪生活在中国东北地区的一个古代民族。

汉元帝建昭二年（公元前 37 年）夫余人朱蒙在西汉玄菟郡高句丽县（今辽宁省新宾县境内）建国，故称高句丽。后建都于纥升骨城，西汉元始三年（3 年），迁都国内城，同时筑尉那岩城（均在今吉林省集安市境内），尉那岩城又称丸都山城，从此，集安便成为高句丽政治、经济、文化中心，长达 425 年。高句丽的历代王朝都在这里设治管理，留下许多文物古迹，尤以高句丽古迹闻名。至北魏始光四年（427 年）迁都平壤。公元 668 年，高句丽被唐与朝鲜半岛的新罗联军所灭，在历史上持续了 705 年之久。

进到集安我们迫不及待地去看高句丽的王城和古墓遗址。2004 年 7 月 1 日，在中国苏州召开的联合国教科文组织第二十八届世界遗产大会上，“高句丽王城、王陵及贵族墓葬”被列入《世界遗产名录》。

丸都山城。过了一座桥后首先映入眼前的是一大片高句丽贵族的坟地，背靠青山面朝流水，不愧为风水宝地。来到山城，有穿着特制服装的解说员带领参观和解说。问到服装，被告之是参照壁画所绘高句丽的“学士服”。据介绍，204 年，高句丽迁都丸都山城，该城平面为椭圆形，周长近 7000 米，修筑在临河断崖和陡峭的山脊上。城墙内外侧用整齐的长方石块堆垒，中间填以卵石。南墙正中设门，门内筑瓮城。城内有水池和瞭望台，丸都山城于 246 年和 367 年先后两次被毁，后又重建。丸都山城东南有国内城，是一座平原城。高句丽王室与贵族在和平时期居住在国内城，战时才入山城固守，丸都山城便成了国都国内城的守备城。在通往这里的南北二道上，高句丽还修筑了霸王朝山城、望坡岭关隘和关马墙山城，以扼守通道，护卫都城。

好太王陵。好太王陵是高句丽第十九代王“国冈上广开土境平安好太王”的陵墓，始建于公元 391 年。是现存高句丽王陵中唯一确知年代、葬者的典型墓葬。好太王陵是一座大型方坛阶梯石室墓，早年被盗，几经兵燹战乱，阶坛倾颓。光绪年间，墓上出土大量的莲花纹瓦当和文字砖。砖的侧面有模压阳文“愿好太王陵安如山固如岳”铭文。

将军坟。是民间的误传，其实不是将军的坟墓，而是高句丽的长寿王之墓。将军坟比好太王墓要大，而且气度不凡。将军坟北依龙山，西靠禹山，东南有鸭绿江，前面是开阔的坡地，朝向好太王碑，遥望高句丽王都国内城。地势优越，建筑恢宏。据文献记载，高句丽共经 705 年，28 代王。其中，应有 18 座王陵分布在集安洞沟古墓群中。将军坟是现已确认的王陵中保存最完好的一座，属于方坛阶梯石室墓。外观呈截尖方锥形，故有“东方金字塔”之称。将军坟是用精琢的花岗岩石条垒砌。底部近于正方，边长 31.58 米，以上有七级阶梯，由 22 层石条逐层内收构成。墓高 12.40 米，用石条 1100 多块。墓室从第三级阶梯筑起，墓道口开在第五级阶梯。将军坟系用巨大石条中间填充河卵石构筑，自身重量产生向外的张力。为抵消张力，保证其稳固，每面由重 10 余吨的 3 块巨石倚护，现存 11 块（后面中间缺少一块）。在墓葬四面 32～36 米开外，有一周石墙似的砾石堆积，平面呈方形，应是墓域的残迹。踩在那略带粉红色的花岗岩墓石上，很难想象千年之前的人们是怎样把它们从五女峰上移下来的。墓葬东北面紧靠墓域石墙外，原是四座（五座）呈东南—西北方向排列的陪冢，现仅存一座，为方坛阶梯石室结构。最让人奇怪的是这么宏伟的大墓没有文字记载。高句丽王都是在即位后就开始修建陵墓的，长寿王亦如此。高句丽迁都是高句丽势力的发展趋向，经济、文化重心的转移所至。长寿王十五年（427），高句丽都城南迁平壤之时，将军坟已然竣工，不会再起陵墓，只好死后归葬。

好太王碑。该碑自清朝末年发现于今集安市区之东 4 千米处，是中国东晋时期高句丽第 19 代王谈德（374—413 年）的记功碑。现在这里已是一处专为好太王碑而建的园林，在青山绿水环绕中的古城集安，仿佛湖水中一片静立的荷叶，而城中伫立了 1500 多年的好太王碑则似荷叶上的一滴露珠，璀璨夺目。好太王碑由一块巨大的天然角砾凝灰岩石柱略加修琢而

成，碑体呈不规则方柱形，高6.39米，底宽在1.34～1.97米，碑底以花岗岩石为座，长3.35米，宽2.7米，为不规则长方形。碑文自东南面开始，四面环刻，计44行1775字，全部为隶体汉字，古朴方正，被称为“海东第一碑”。由碑文得知，该碑系公元414年高句丽第20位王长寿王为其父第19位王好太王所立。碑文第一部分首先追述了高句丽的创世传说和前三位王的承袭关系；第二部分为碑文主体，具体记述了好太王一生的攻伐业绩；第三部分记的是对守墓人的规定。该碑是研究高句丽历史非常珍贵的文字资料，发现之后一直受到国内外学术界的极大重视。郭沫若先生平生最大的遗憾就是没有看到好太王碑。

五盔坟。实际是5个贵族的坟，因相互距离比较近，外形像头盔而得名。其中一个坟对游人开放，坟内仅存有壁画。经解说，看到青龙、白虎、玄武等。古人用的颜料能历经千百年而保存至今，也是一个奇迹。墓室很潮湿，壁画的相当大一部分已经失去原来绚丽的颜色霉变成白色了，据说现在都想不出补救的办法。游客带来的热量和细菌也是壁画发霉的原因之一，真不希望这么美丽的壁画在几十年后荡然无存。

集安位于吉林省东南部，东南隔鸭绿江与朝鲜民主主义共和国一市三郡相望，和辽宁的丹东一样为中朝边境城市，是中国对朝重要口岸之一，边境线长203.5千米。站在江边能够清晰地看到对岸的工厂、村庄、田地和劳作的人们。

8. 赫图阿拉故城

离开集安，我们一行穿越长白山东南余脉的崇山峻岭，回到辽宁地界。这一带地势险要，沿着盘山公路，在时停时急的雨中艰难地行进，这可以说是我们这次考察的第二次有惊无险。不过，我们八人中有一位的老家是桓仁的，经他一路介绍看到的桓仁水库等风景还是很美的。一路观光，在傍晚时候到达了辽宁桓仁满族自治县。

我们自称“八仙”，虽然不能与传说中八仙过海的八仙相比，但可以说八位还真都是有一定文化底蕴的。有两位分别是市、区历史学会的秘书长、区作协主席、著名的书法家，诗人、学校校长、文化站长、宣传委员等。在桓仁朋友的招待晚宴上，我充分地体会到了什么是文化人的聚会。席间每人在敬酒的同时几乎都即席赋诗一首，桓仁的画家朋友还赠画，我们回赠以历史协会秘书长编著并亲自签名的书籍。

此行的最后一站是赫图阿拉故城。此城位于辽宁省新宾满族自治县，是一座拥有400余年历史的古城，赫图阿拉是满语，汉意为平顶的小山岗。1616年，清太祖努尔哈赤在这里建立了后金政权，使赫图阿拉城享誉神州，蜚声海内外。这里是清王朝的发祥地，满族崛起的地方。

赫图阿拉城分内外两城，方圆十里，城垣由土木石杂筑而成，内城有汗宫大衙门、汗王寝宫、昭忠祠、罕王井、塔克世故居等，外城有中华满族风情园、园内有满族历史文化长廊等。

至此东北地区隶慎族系一次比一次大的崛起（渤海国、大金王朝、清王朝）的历史遗迹已经游历完毕。历史学会八仙，历时八天，行程近三千千米，足迹几乎遍布东北大地，跨越五国（夫余国、大金国、渤海国、高句丽、后金），接近两国（俄罗斯、朝鲜）。东北古国在辽宁境内还有许多遗址遗迹，归心似箭的八仙放弃了游览，好在是本省的，留待以后再见了。

仅录一仙一律以纪之。

寻故溯源聚八仙，驱车披月路三千。
上京碎瓦铭陈迹，渤海残垣问旧年。
雪岭天池同照影，镜泊胜地共欢颜。
畅游画境乐山水，仁智长珍此世缘。

第四辑

雪　情

清明时节知风雪

“清明时节雨纷纷，路上行人欲断魂”，杜牧的《清明》早已经是妇孺皆知了。但杜牧描写的是江南的清明时节，在中国的东北，清明时节，仍是春寒料峭，雨雪纷纷，风吹草枯。

清明将至，辽西的天，还总是阴阴沉沉的，却一直不见雨纷纷。本来，早春时的几场雨雪，将已慢慢解冻的大地滋润得软软地，农人们已经打垄、拉粪，准备开始春耕了。可是这会儿，风，却呼呼啦啦地刮得猛烈，似乎不如此，就显示不出辽西走廊风口位置的重要性。

素有“辽西刮大风，一年刮两次，一次刮六个月”之说。可是因为封山育林，清河治淤，整个辽西的气候环境已经得到了大幅度的改善。中老年人感叹：“迷眼的风沙少见了呢！”90后的年轻人根本不相信，反驳道：“乱说！美丽的海滨城市，是最适合人居的，与全年的大风不搭呢！”

连山河水已经完全融化，水面上有一群海鸥低飞，风刮到水面上，吹起了水花儿，似海浪，一波一波地涌动着。河边只打了地基的建筑工地上，有挖掘机和大型装载车在运作，风过处，尘土飞扬，偶尔一股旋风袭来，一会儿东一会儿西地打着旋儿乱撞。

河桥公路上，顺风又下坡的骑车人，被风吹得飞速向前，脚轻闲，两手却忙乱，又得把方向又得握手闸刹车。逆风又上坡的骑车人就苦了，清一色地戴着大口罩，衣扣扣得严严实实地。体力好的，歪歪扭扭地侧脸骑着前行；体力差的，索性就下车推着走，不时地还要背过身去喘息。

河桥栏杆上，两面黄底红字的旗帜迎风招展，“护林防火”四个大字相当醒目；一幅红底黄字的宣传条幅紧贴着护栏，“森林防火期禁止一切野外用火”几个字也警醒着人们。

近几年，随着清明小长假的诞生，扫墓祭祖之风甚猛。清明扫墓，有官办的活动，有民间的行为。官办的都以宣誓、敬献花圈等形式来表达对先烈的怀念；民间则大多是沿用填土焚纸这一古老的风俗来寄托对祖宗先人的哀思。

清明风在刮，刮得天干地燥；清明风在吹，吹得人们心焦。护林防火的人们心焦，责任重大，如临大敌般地时刻准备着，不敢有半点的放松；扫墓的人们也心焦，百善孝为先，清明不能到坟前尽孝，不待旁人笑话，自己内心也承受不了。

这应该如何是好？

看来今年卖冥纸的商家要失算了，往年清明时节“洛阳纸贵”的场面迟迟没有出现，各种烧纸因少人问津都堆到了店门外。然而花店、苗圃的门口却火了，车来人往的预订鲜花、树苗，忙碌的程度不亚于情人节。

清明前三天和后三天，是约定俗成的祭祖扫墓日，晚人后辈们从四面八方到先人的墓地集中。带着香烛，带着供品，带着鲜花，带着树苗，带着一份思念，带着一份虔诚……特别是散落在深山树林中的墓地，唯独没有带纸钱。

来到墓地，孝女插上三根香烛而不燃，摆上供品，献上鲜花，心中默念：来看望您了！家中一切均好，勿念！孝男双膝跪地叩头祈祷：愿先人在天一路走好！若有灵，保佑晚辈平安幸福！在墓地周围挥锹挖土，清理杂草，栽种松柏，祭奠先人和绿化山川一举两得。

有些许的遗憾，留待草木葱茏的麻姑节时再尽情地挥洒吧！

终于，在阴了几天后，雨水夹杂着雪花，在清明的风中飘飘洒洒，护林防火的人，上坟扫墓的人，种地耕田的人，所有的人都松了一口气。

一身冰雪舞春风

初春的一场冰雪持续地飘舞了两天，夹着雨，带着风。

少了强劲冷风的怒吼，雪花飘落时的姿势有些单调乏味，直直的没有了往日的风韵。无声无息地覆盖在田野上，这定会让只注重结果不看重过程的老农们脸上乐开花。都说春雨贵如油，这个春雪啊！对于土地来说贵如金子呢！瑞雪兆丰年，春雪使得土地养料充足，墒情看好，龙年的春天如此风调雨顺，让人们对五谷丰登、硕果累累的金秋充满着期待和渴望。

多了温润春风的陪伴，雪花从高空挥挥洒洒。一身的冰雪，又似雨非雪，来不及拍打，淋湿了头发、棉衣，搞得人们对于出行是否带伞而犹豫不决。春雪时停时飘地装点着城市的街区，却也是几家欢喜几家愁。摄影师乐了，抓拍那挂在枝头的晶莹；交警们忙了，紧张那泥雪路面的安危；环卫工人苦了，要打扫冰雪，保持路面的洁净。

雪，终于停了！于是，树枝抖落一身的冰雪，舞动在春天清新的风中！

在春风中，夜雪，凝聚在树梢、枝头、草丛，铺展在楼顶、地面、河床，就连河桥上的装饰灯都被覆盖了。这是一幅真实唯美的画，能让人心灵纯净的画。所有人都深知，但等春风吹过，太阳升起，那就又会是另一番情景了。

早起的人们发现，雪，让裸停的私家车变成了雕塑。车主人欣赏着，“爸，快点！郭明义爱心团队的活动迟到了可不行啊！”只将前车窗和车门处的雪轻拂，就在儿子的催促下缓慢地起车了。

“郭明义”，是一个人的名字，一个真实的，如邻家大哥一样生活在离我们不远城市中的人。他用平凡的点滴小事，筑起了一座引起更多人共鸣的丰碑。

郭明义来了，来到海滨城市葫芦岛，是被葫芦岛爱心志愿者们请来的。这个只喜欢默默奉献，不喜欢张扬的名人不能不来，因为在葫芦岛有太多和他一样的“傻子”。

郭明义来了，爱心志愿者的队伍更加的壮大，活动内容更加丰富了，奉献爱心的方向更加明确了。于是，“傻子粮油”成了人们心中的放心油，成了贫困家庭的免费粮，成了贫困学子走进学校开阔眼界的经济基础；于是，身患白血病的青年得到社会各界群众伸出的援助，增强了战胜病魔的信心；于是，爱心志愿者与山区贫困学生结成了帮扶对子，向孤寡老人、智障儿童等弱势群体奉献了爱心。

雪，让正街的道路冰雪混杂，泥泞难行，出租车供不应求。清晨在小区门口等出租车的人聚了好几拨，一辆空车驶来，两对母女都打开了车门，两个女孩子有些急了，母亲们还比较沉着，一交流，才知道是同路，都是赶时间参加“3·5 学雷锋”活动的，皆大欢喜地拼车走了。

一辆辆车慢慢驶向远处，牵动着我的思绪。

情不自禁地哼起了《学习雷锋好榜样》，那么亲切，那么熟悉。

20 世纪 70 年代，我就读于一所乡村小学，学校坐落在村中央，原是一个大地主的独立宅院。一年级时，我被任命为班里的“起歌委员”，职责就是独唱第一句，然后同学们接着合唱。那时，唱歌是课前首先举行的仪式，唱的都是革命歌曲。三月的一天，天空飘着零星的雪花，铁炉子里冒出的青烟因教室的门窗紧闭还没有完全散去。“学习雷锋好榜样，预备唱”，老师未到，我起了头，可是没人跟唱。以为同学们没听到，“学习雷锋好榜样，预备唱”，转身面对着同学，再起，这次稀稀落落地有人开口了，但声音小而杂乱，嗡嗡地如蚊子叫，还伴有咿咿呀呀的怪声。看向坐在我后排的班长，正目视前方，做认真唱歌状，细看，他上嘴唇不动，下唇连同下牙床左右横移。

“为什么捣乱？还班长呢！一点也不以身作则。”我气愤地指责。“我怎么了我，这不是在唱呢吗？你起歌委员只唱不做就是以身作则了吗？学习雷锋你是怎么学的？你做好人好事了吗？”班长似乎正等着我问责呢，一连串地反问了我好多问题。“问我，那你呢？”我反击。“我学雷锋捡到一毛钱交给老师了。我们学雷锋小组帮助军烈属朱大娘拾柴、打扫院子了。”班长骄傲地昂着头。“那我们小组还帮助五保户鄂大爷收拾屋子洗衣服了呢！”我也不甘示弱，并向小组的同学求证，“对不对啊？”“对，对，我们一起去的。”同一个小组的同学齐声应和着。

那时，走在路上，总是情不自禁地低头寻找，有时故意走那些沟沟坎坎、杂草丛生的地方，见到小纸片也翻两下子，总盼着能捡到钱物上交，好借机表现一回。

20 世纪 80 年代初期，我在县城读高中，每逢三月，文明礼貌的春风吹遍城乡，“五讲四美三热爱”是全社会倡导和遵循的行为规则。每逢 3 月 5 日，广大青年纷纷组织服务组，走上街头，修车、理发、缝纫、治病，开展义务助人活动。记得参加活动后，我写了一首长诗，那是唯一一篇被语文老师当作范文在全班阅读的作文。

“大姐，你去哪儿？捎你一段吧！”一辆车无声地停在身边，邻居小张摇下车窗喊我。“谢谢啊，时间还早，我欣赏下雪景，你慢慢开啊！”

行走在白如棉絮的雪路上，洁白的画面立刻被打破，留下凝结成冰的脚印。抓拍到一串清晰的脚印，正向着河边公园的“和谐”雕塑延伸。

一个临街的开放小区，铺设有方砖步道，大理石点缀其间，原本的造型光鲜亮丽，此时，雪遮盖了它的容颜，似给行人设下的一个陷阱，极容易被忽略也极容易在此摔倒。因此，首先要“破坏”的应该是这里的静美。慢慢地试探，用脚掀动大理石上的雪，使其先露出冰山一角，又渐渐地扩大，再扩大……做了件破坏美的事，心里却乐滋滋的。

一家大众浴池窗前，形成了一块无雪的空地，有热气从排风口吹出；十字路口边的交通值班室，一个大大的雪球堆放在警车旁；铁路与公路的交叉道口，雪已经失去了净白，“守道工”利用车流的空隙，铲出堆积在铁轨上的泥雪；一家售楼处前的停车场上，一堆堆的雪，八卦阵似的。

初时只有零星的几个人，扫着各自的门前雪，渐渐地，连成了片，在乍暖还寒的春风中形成了一道亮丽的风景。

太阳出来了，照得世界红彤彤的。雪融化了，是被勤劳而善良的人们感动的。春风吹来了，是人们渴盼的。

看到文化中心楼前停着的义务献血车，想起我的同事，优秀青年团员小韩前几天说要做一件有意义的事，报名参加义务献血活动。作为局党支部书记，我也加快了上楼的脚步……

浪碧沙白东戴河

在关外的辽宁绥中，有两条让所有人自豪的亮线，一条是在卫星上亦可见的万里长城，一条是浪碧沙白的72千米海岸线。

炎热的盛夏，朋友们委托我这个旅游业内人士寻一处休闲纳凉的地方小聚，提了多个建议，最后将目标锁定在了绥中前所镇的“洪家村”。

内陆的人跋山涉水地来观海，居住在滨海城市的人却见惯不奇，一年里也难得下几回海，因此早就听闻洪家村的渔家乐搞得很火，却一直没深入其间。想象中的洪家村应该和特区深圳一样，原本是一个小渔村吧！为了不在朋友们面前露怯，我利用网络抓紧充电。百度输入“辽宁绥中虹家村”，立即有提示是否为“洪家村”，得到肯定的确认后，很快展示了一整页的洪家村信息。点击浏览查寻，惊奇于“海岸中关村”果然名不虚传，就连小小的渔家村落，信息技术也运用得如此驾轻就熟。选择拨打了一家“贤姐农家院”的热线电话，初时占线，耐心地等待着，“喂。”电话中传来的是一个略显苍老的男中音，没有“你好”之类的模式语，亲戚朋友间通话般的接听方式，让我一愣，误以为拨错了号，一时间竟不知如何开口了。“这儿是贤姐农家院，请问你有什么需要?”追加的问话才让我想起了此刻的目的。一番对话过后，令我对东戴河、对洪家村、对农家院产生了急切的向往，对朋友聚会的策划和满意度成竹在胸并充满了期待。

利用假期，选择了游人相对比较少的周二，踏上了东戴河滨海度假聚会之旅。因为仅一个多小时的车程，早晨八点，一行三十人乘坐旅游大巴，从葫芦岛市区出发，沿着风景旖旎的滨海大道向东戴河驶去。

我现学现卖地充当着导游。

“不到长城非好汉”，那举世瞩目的万里长城最具神采的一段水上长城就在九门口蜿蜒，那三条震荡九州的巨龙就在永安锥子山上聚首。“东临碣石，以观沧海”，多少次，在秦皇汉武的足迹中寻找着碣石的神韵；多少次，在魏武唐宗的诗篇里倾听着沧海的涛声；多少次又在孟姜女哭倒长城的故事间黯然神伤。

辽宁东戴河——渤海湾畔一颗亮丽的明珠，与同胞兄弟北戴河与南戴河相比，显得是那么的稚嫩，但，正是因为这份稚嫩，使得他更加地自然与纯净。他，既古朴典雅又现代清新，既悲壮沧桑又温情浪漫，既色彩缤纷又条理清晰。近看，使人目不暇接，远观，让人心驰神往。

在辽宁“五点一线”的沿海经济开发战略中，绥中经济开发区被定名为“东戴河”，这是令人欢欣鼓舞的大手笔。“海岸中关村，生态新城区”的规划，让东戴河人找准了建设目标；“宜居、易业、怡游、逸生活”的环境吸引了一批又一批的人们来此旅游观光、投资兴业。

东戴河新区拥有近 30 千米浪碧沙白、滩缓无礁、没有任何污染的原生态海滩，占整个绥中海岸线的 2/3 左右，素有“白金海岸”之称。车行在滨海路上，一面是绿树成荫、青纱阵阵的农田果园，玉米已抽穗，高粱脸未红，套在袋子里的白梨、苹果也难掩香甜的气息；一面是水天一色的蔚蓝大海，潮起潮落间，浪花拍击着白色的海滩，在海面上盘旋的海鸥与海滩上的遮阳伞形成了一道亮丽的风景线。不时经过跨海大桥，金丝河、九江河、强流河三条河流在东戴河新区汇入渤海，形成了湿地密布、海鸟繁多的优越生态环境。

时而路边的建筑遮挡了观海的视线，将整体划一的海岸切割得星星点点，正是这种切割，才有了止锚湾、绥中电厂、洪家村、杨家村等优良的天然浴场。透过低矮建筑的屋顶，在蓝、白、绿色间竟还发现了点点红色，那是停泊在港湾里的渔船上的彩旗，渔村的特点隐约可见。

东戴河新区西起辽冀交界处，东至高岭镇的疏港路，北靠京沈铁路，南临渤海，规划面积100平方千米，分四个功能区域。我们首先到达中部正在建设中的文化、教育、商贸、地产及行政办公区域。站在东戴河整体布局的沙盘前，一座产业发达、配套完善、环境优美的“海岸中关村，生态新城区”尽收眼底。我不禁想，在实现和发展沙盘中规划的蓝图时，一定需要大量的人才和劳动力，这样高校的大学生们就有了更多的就业机会，南下北上出去打工的农民工就不会长年漂泊在外，这样一来，空巢老人少了，留守儿童少了，老百姓的日子也就更幸福、更和谐了。

拔地而起、形态独特的建筑有的已略显雏形，使人充分感受到了大都市的风采。在一家房地产开发公司售楼中心下车时，带有海味的微风吹来，有人情不自禁地惊呼：“到了冬日的海南岛了哟!”据介绍，这家地产公司打造的是地中海风情的海景房，开盘的两栋楼为高层、小户型、精装修，目前已经售空，入住率达到了70%。另一家更大的地产公司，斥巨资打造了一部十分钟的广告宣传片，在巨大的屏幕前观看，犹如欣赏立体电影。他们将样板房建在了海滩上，与蓝天、碧水、白沙、草棚、木椅、游人相映成趣，如诗如画，置身其中，仿佛进入了童话世界，令人如痴如醉。据悉，东戴河的房地产，以环境优美、价格合理、交通便利等因素，吸引了大批的京津两地的普通市民前来抢购，这使东戴河真正成了北京的后花园。

在儿时的梦里，北戴河与中南海一样神秘，可望而不可即；在青春的幻想中，南戴河与特区一样充裕，不富焉能游。今日，我却迷失于东戴河缤纷的色彩中，留恋于东戴河有白金海岸之称的沙滩上，陶醉于东戴河悠久的历史文化及淳朴自然的风土人情里。踏着历史上五位帝王的步履，吟着碣石门辞，环着闻名遐迩的秦汉遗址群巡游，最后驻足在浅海内矗立的碣石奇景前跳跃拍照，踏浪遐思。试想，获得国家批准立项、占地10平方千米的碣石大遗址公园与离东戴河15千米的东北地区第一个世界文化遗产挂牌地——九门口水上长城遥相呼应，再将曾是大清王朝的“龙兴之地”，闯关东的"迁徙之地"的关内文化与关外文化融合交汇，一定会迎来东戴河旅游开发灿烂辉煌的春天。

游玩得累了，于是驱车到达洪家村，一家挨一家的农家院，电话导引着顺利入住了预定的农家院。啃吃着新煮熟的青玉米、玉米面馒头、土豆、茄子、地瓜等纯绿色食品，掰开新鲜美味的螃蟹、爬虾、蛤子等海产品，品尝着自制的咸鸡、鸭、鹅蛋和小菜，女士们将减肥的誓言也丢在了脑后。饭罢，在骄阳似火的正午，躲进干净整洁的客房，冲个温水澡，再眯上一觉，养足精神准备黄昏的畅游和夜晚的狂欢。

当夕阳西下时，在房间里换好泳装，光着脚丫，如孩童般地步行几百米来到海边。此时，分散在各个农家院中的游客都聚集到了这里。海水经过太阳一天的暴晒，暖暖的。正赶上落潮，海滩成了浅水湾，会水的人们游到更远处，不会游的玩起了打水仗；游累了，有人回到海滩上在其他人的帮助下将身体深埋进沙滩，只露出头，进行沙浴；有几个人还画沙成线，玩起了沙滩排球；有人还拿着渔竿，用小鱼小虾做饵，跑到海滩尽头处的岩石缝间钓起了螃蟹；有的小孩子在捡拾着美丽的贝壳和小石头；有的母子两人在沙滩上建起了一座沙子宫殿……

夜幕初降，天边升起了一弯新月，借着月光，有人放飞了孔明灯，有人点燃了美丽的烟花，有人围着篝火跳起了欢乐的舞蹈，整个海滩笑语欢歌，成了不夜城。

夜深了，海面恢复了平静，人们甜甜地进入了梦乡。一觉醒来，已现熹微的晨光，睁开眼，推开窗，在太阳跳出海平线的一刹那，用双手托举着，用相机记录下这初升的太阳……

这个冬季雪纷飞

一

冬季里，雪花在纷飞。在北方，有时会整个天地都处在白皑皑的世界里，但白得不均匀，铺得不厚实，风一吹，雪都跑到低洼处躲避去了，经太阳那么一晒，又多被干枯的草木无声地吸吮掉了。

然而这个冬季，雪，一直在纷飞。雪，时而洋洋洒洒，白茫茫一片，人在其中，雪花挂满厚厚的冬衣，纵然是旋转也不能轻易地将其甩掉，不忍拍打，就那么任其一层层地叠加，不一会儿，人就宛如童话世界里的白雪公主了。伸出手，接一把雪花捧在手心，雪白而绵柔的雪花很快就化成了水。抬起头，雪花就那么无拘无束地亲吻着脸颊，凉凉地，麻麻地。雪，时而飘飘扬扬，天地间变得朦朦胧胧，身在其间，雪随风迎面袭来，让人不得不闭起眼睛。本想踏入雪窝，但雪如奶酪般使我不忍动足。在雪雕前留个影吧！身后留下了一行行清晰的脚印……

雪花飞舞时，一般都是在凌晨，伴随着机器的轰鸣声，准确地降落在指定位置，有些小小的凸凹不平，也被推雪机铺展得尽如人意了。

冬日里，早晨八九点钟，在雪花曾经集中飞舞的地方，迎来了不甘寂寞的人们。人们乐此不疲地聚集在这里，直至晚上仍然灯火通明，照亮了半个夜空。人们多数时候只看到蜿蜒着从高空伸展开来的几条亮带，雪白得刺眼，映衬得周围的山峦更加灰土土、黄澄澄的。这条条亮带，不是卫星上看到的中国万里长城，而是让冬天不再寂寞的人工滑雪场。

虽然生在北方，但对于滑雪这项高危运动，我还是心存芥蒂，总觉得那不是咱普通人能玩得转的。同学的一次相约滑雪，竟使我走火入魔般迷恋上了这项运动，三个周末连续与雪相约，直至天暖冬雪将融，却还在盘算着明年冬天的滑行计划。

二

立春这天，在熹微的晨光中，三个从小一起长大、已经人到中年的闺蜜，随同预定好的旅行团奔赴秦皇岛紫云山滑雪场。两个半小时的行程中，导游不厌其烦地介绍着滑雪注意事项。因是一群爱玩的朋友组成的同事团，一位有多次滑雪经历的组织者自告奋勇地讲解动作要领，他说了很多，最后，总结，滑雪只要掌握住两点：一是掌握好平衡，二是会侧摔。用心地听，默默地记，听得是一头雾水，记得是心中忐忑，当然了，还有掩饰不住的跃跃欲试。

似乎是为了印证“立春”这个节气的名副其实，我们下车时，天气出奇好。冬天里常见的西北风停了，虽然温度还是在零下 11 ~ 12 度，但太阳明亮得耀眼，照在身上暖融融地，让人感觉到了一丝春的气息。这样的天气，应该是滑雪的最佳时候。

顺利地入场，综合大厅里挤满了人，心想这些人也不见得都会滑雪的吧！应该也有和我们一样滥竽充数的。因为上大学时有学习过滑冰，而且成绩还不错，于是我更加信心满满。要了一双和平常鞋码一样大的雪鞋，一试，有些挤脚，不大一会儿，脚就有些麻木了，于是换了一双大一码的，这下子舒服多了。靠别人帮忙，手忙脚乱地反复进行调整，不知是大厅太热还是穿得太多，满脑门子汗。终于穿上了滑雪鞋，如宇航员太空行走般地出了大厅，被告之身体重心要放在脚后跟上，这样能平稳些。

移步来到“取板处”，拿到雪板和雪杖时，不知怎么的，突然就想到了小说《林海雪原》，智取威虎山的勇士们穿林海、跨雪原时的装备肯定没有这样的精良，但最后能取得胜利，除了杨子荣的大智大勇，战士们掌握了滑雪技能准时到达也是关键，简易的雪板和雪杖应该功不可没。小说中关于滑雪的描写，是我对于滑雪的第一印象，踏上滑雪板，手握雪杖，鼓起视死如归的勇气，奋力向前。

是的，必须奋力才能向前。初时站在平坦的雪地上，如小时候滑冰车似的，雪杖拄地，踩在雪板上的双脚平行并拢，把雪板当冰车，靠两臂的力量前移。渐渐地开始有了微微的坡度，滑行是有些力不从心了，一米左右长的雪板使脚步更加笨拙，仿佛鸭子似的踏着外八步，一步步向前挪动。记住这里的“外八步”很重要，上坡外八步，相对的，下滑就是内八步了，这是教练们的教学箴言，哈哈，不是教练说的，是我理解的哈。

只在平地上稍作练习，随着人流，踏上了传送带。这上传送带也是个技术活，连推带拽，一会儿外八，一会儿雪杖支撑，总算是上来了，不小心还打一个趔趄。有的，人是上来了，雪板仍然外八地放着，外八的太大了，传送带上行一会儿就刮到了周边的接口处，随即摔倒了。还好，上下有工作人员随时监控，及时停车，避免了事故的发生。

来到初级雪道的顶部下滑处，有一段十几二十米长的、平稳的缓冲地带，此时，这里已经站满了和我一样全副武装的滑雪者。有的手拄雪杖，摆着优美的姿势在拍照；有的笨拙地跟着穿着统一服装的教练在学习；更有的一看就是似听非听地在偷艺。滑雪者有男有女，有与我一样的中年人和小朋友，最多的是活力四射的青年人。习惯性地驻足四下环顾，滑雪场外黑黄的山峦和眼前的雪白形成强烈的反差，微风吹过，顿生出一览众山小之感。

收回目光，望着 30 ~ 40 度的坡度，记得在车上导游好像说过“靠边停歇”，想着在旁边也许会安全些，于是挤到边缘。边上已经站了好多欲滑又止的人，前方稍下面处也有几位摔倒的。看着别人摔倒，我心生怯意，但总不能一直站着吧，时间久了还感觉到了丝丝凉意。于是小心翼翼向下滑动，不，这不能称为“滑”，最多算是“溜”，靠着身体的重力和雪道的坡度在溜，没溜出几米，坏了，身体失去重心了，下意识地挣扎，手舞足蹈地，还没等思想反应过来，人已经坐在雪地上了。可能因为还没有滑起来，摔的姿势还算优美，是两脚分开，四平八稳地蹲坐在雪地上的。雪软软地，穿着棉衣，这一摔无大碍，看别人也是摔得乐哈哈地，好像这一摔捡到了金元宝似的，根本不像老公在家吓唬我说的那样“会摔成猴屁股”。

尽管不痛不痒地，但要想自己站起却难，前后左右地换了好多姿势终没能自己站起来。这时，也不知是谁搭了一把手，借力站起来了，也没等我说声谢谢，那人已经滑走了。此时，脚下是有一定的坡度的，仅仅站稳就很不容易了，还没等我调整好，只听后面“啊——躲开，躲开”，躲没躲开我不知道，反正只觉得受到了外力，人随即离开了原地，根本没有任何反应地直冲向滑道边缘的高沿，两脚冲上去了，身体没上去，结果两脚稍高，腿弯曲着，上肢下倾，仰面朝天摔在了那里。这样的脚高头低的姿势，要自己起来想都别想，干脆顺势半躺在雪地上，“哇，天好蓝啊!”

有一位黑衣人遮挡住了观天的视线，拉拽着我又站了起来，并帮着我捡回了被丢到一边的雪杖。这位黑衣人没有穿雪鞋，是滑雪场的工作人员。他只简单地说了句：“掌握好平衡，不要在滑道中央站立，尽快离开。”也不待我说谢，又去拉扶其他摔倒者了。

这样一来二去地摔倒、站起，连滑带溜地几乎到了坡下，借着余下微微的坡度，滑冰车似的完成了有生以来的第一次滑雪。止步用目光寻找着同伴，她们俩也是摸爬滚打地体验了一回。边说笑着各自的经历，边观察着滑雪场上状况。有的，雪杖夹在腋下，半蹲式，优美地滑下来，虽然身体不时地来回晃动，但最终顺利地完成了滑行，令人羡慕；有的，滑行的速度飞快，两根雪杖不时地点地来维持平衡，不及我们收回钦佩的目光，但见那人旋风般地冲到了场地边缘，冲上了防护坡，直接飞越过去了，摔在防护网上，工作人员飞奔着去救援，还好，只是牙床摔出了血，有惊无险；有的，滑到一半时，向后眼看着要摔倒，一屁股蹲坐在了雪板上，因其身体小巧玲珑，借着雪板下滑的速度，就那么如滑冰车般一直溜到下面方停，而雪杖则丢盔卸甲般地留在了半中央。

大部分人，都能顺利地滑下，却不能停住，只能遇到阻力以摔倒而告终。我们三位闺蜜观察研究了半天，得出的结论是不仅要会“滑”，关键得会“停”。此时，一位二十来岁的小伙子滑到了我们面前，他指着红色滑雪服上的标牌自我介绍说是滑雪场的教练，问我们需要请教练指导一下吗。我们大概询问了一下请教练的费用和细节，他回答说滑雪场对教练有统一要求，不会乱收费，在一个小时内包教包会。

在教练的帮助下，我们三人重上滑道。在滑道上端，教练首先在原地给我们讲解动作要领。滑雪板平行，身体前倾，两腿夹紧略微弯曲，小腿尽量靠在雪鞋的前沿。下滑时雪板前端对齐，略有分开，后端张开，呈外八字。教练边讲解边做着示范，我们也如小孩子学走路似的虔诚地演练着。到提问环节，我们特意提出了关于“停”的问题。

“这个问题问得好！掌握了这个要领，基本上就学会滑雪了。看来三位阿姨是有灵性的。”教练如此夸奖，又反问了一句，“是应该称呼三位为阿姨吧?”“是的，是的，就叫阿姨吧！”我们三人有些倚老卖老地争着回答，其实是为自己假如学不会找台阶呢！

或许“停”是教练的秘密武器，或许光说不练学不来真功夫，接下来是分头手把手教学环节了。我被推举第一个上场。教练和我面对面站立，并把他和我的雪杖当成加长的手臂，如架杆般支撑住我不断下滑和晃动的身体。“注意脚下，两只雪板前端张开一掌，保持两只雪板齐头并进，雪板后端成外八字，外八开口越大，滑行速度越慢，直至停止。”教练一边帮助我保持身体的平衡，一边说着滑行箴言。初时，我亦步亦趋地跟着学，凭着较好的平衡能力和领悟力，其间，身体只是略微有些倾斜。当滑到雪道一半路程时，教练就放手了，我顺势平稳地滑下，哈哈，小把戏，太轻松了哟!

在教练指导其他两位的时候，我已经随着人流，自己滑行了五轮，还好，一跤没摔，我都佩服自己了。在下滑时，感觉镁光灯不停地闪动，人在传送带上时，一位手拿相机的人喊:“拍照了啊！有空去大厅看片。”

两位闺蜜虽然比我学得慢，离开教练的拐棍，时而还会摔倒，但是，一个小时过去了，最后都简单地学习了“侧停”技术，三位都顺利地出师了。小教练只说了句“没想到三位阿姨还真行!”就滑开去寻找下一批学员了。

初学的兴奋伴着风驰电掣的快感，让我们忘记了饥饿、寒冷和疼痛，一遍遍地滑行，理查德·克莱德曼的钢琴曲《命运》在雪场的上空回响，让人轻松也引人振奋，也许是《命运》的鼓舞，我们甚至偶尔加入到了中级雪道的滑雪行列中。

下午3点半，带着疲惫，带着留恋，我们结束了第一次滑雪之旅。

三

雪，洁白的天地精灵，萦绕在脑海中挥之不去。在夜里，睡梦中，会听到雪板与雪地嚓嚓的摩擦声，滑行时冷风鼓动着耳膜的嗖嗖声，雪地摩托车从身边驶过的突突声，人们摔倒时欢快的惊叫声。白日里，聚会时，眉飞色舞地向朋友介绍着滑雪的乐趣，也不管别人爱不爱听，一直一直地唠叨着，害得朋友都说我不是着魔了就是滑雪场的托。

儿子不知是被我的情绪所感染，还是怕我真的着了魔，“老妈，你联系，我再陪你去一次啊!”于是，又一个周末，我、儿子和一位密友再一次踏上了滑雪之旅。

这次乘坐的是紫云山滑雪场的专用车，导游也是滑雪场的专职导游。“秦皇岛因秦始皇曾经在此登岸而得名，也是中国以皇帝名号直接命名的唯一一个地方。”导游娓娓道来，紫云山滑雪场的概况和须知也反复地强调和提醒我们注意。和跳水、攀岩一样，滑雪被称为高危运动，又被戏称是“三啊”运动。何谓“三啊”，当滑雪者从高处飞快地滑下，摔倒时，情不自禁地，“啊!”躲闪不开，两人或多人相撞摔倒时，又是引起尖叫，“啊!”遇到亲人相撞摔倒，场边陪伴的亲人们更是喊声一片，“啊!”

顺利地入场，因在车上就为第一次滑雪的密友预定了教练，正好，导游帮着介绍的教练是上次教我们的小教练，时隔仅一周，一眼就认出了彼此，“阿姨好！又见面了，没玩够吧?”儿子虽然是第一次滑雪，但从小就玩轮滑，也学习过室内滑冰，以我学习滑雪的悟性，相信儿子请教练的费用可以省了，由我充当了半个教练。

有教练在旁边帮助，我们没费周折地就站在了雪地上。少了初次的紧张，才有暇顾及周围的一切。奔驰的雪地摩托车载着勇敢的人从身边经过，沿着雪道向山顶驶去，过后，雪地上留下了两道清晰的划痕；训练有素的狗拉着雪橇，在平坦的雪地上移动，让喜欢狗和雪橇的大人孩子体会了一次林海雪原的交通工具；“雪上飞碟”俗称雪圈，是不会滑雪者的最爱，当如飞碟一般旋转着下滑时，那种刺激应该可比高山滑雪，而雪圈又是最能体现爱的项目，孩子们玩一回，父母送上去一回，心也跟着揪了一回。

儿子是真棒！我用经验将重点的几个环节讲了一遍，凭着年轻人的活力和冲劲，儿子在初级雪道上一滑到底，只是没掌握好“停”，遇到高台的阻力人仰马翻地摔得雪板都掉落了，这下子更省事，没有雪板的阻碍，自己就站起来了。强调要充分利用“外八”的动作，让下

滑的速度降下来，不要急于求成。儿子领悟了，虽然再滑时还有些趔趔趄趄，姿势不是很优美，但最终没有再摔倒。“比滑冰容易多了。”儿子如是说。

密友那边有教练一对一的指导，累得腰酸腿软时，也勉强结业了。趁着密友和儿子休息补充营养的时候，我做了个大胆的决定，去登中高级雪道。在排队等索道时，一个戴着头盔，没拿雪杖的小小身影，灵活地夹到我前面，忍不住从后面拍拍他的肩，“你多大了?”“4 岁。”从头盔里传来清脆的童音，说不定，若干年后，世界滑雪赛场上就会出现他矫健的身影。轮到我了，两腿夹住底托站立着，两只雪板挨地滑行，顺势拖拽着上行。这个上索道，也有些小小的难度和技术含量，第一次滑雪挑战中级雪道时，我们三人中的一位就在这个环节上几度落马，引来几多遗憾，几多叹息!

中高级雪道其实是一体的，从山顶时陡时缓地延伸下来，目测大约分四个难度层次。索道一直通到山顶，每个层次都有文字提醒要量力而行，而在下面两段更有工作人员看护，人们根据自己的实力选择下索道的时机。

首次和大多数人一样，在 1/4 处选择放开了滑索，工作人员提醒要用雪杖支撑，站稳，然后向中央移动。不知是雪场特意设置的，还是滑雪者踩踏出来的，往中央移动时隐约可见一条浅浅的雪沟，给了人们一个缓冲的机会。慢慢调整好下滑的角度，开始下滑，一滑到底。

再次上索道，1/4 处有多人等待接替空下来的滑索上行，一看他们的装束和如履平地的站姿就知道是滑雪和滑板的高手，他们选择在这个阶段上行可以避开拥挤。可能只缘身在此山中，往上面看，滑道似乎并不是那么的陡峻，一咬牙，接着上！到一半时，没人下来，看雪道上也没有如四分之一处那样明显的下滑点，心一横，继续！再向上，基本看不到几个滑雪者，心就有些发慌，快到 3/4 处时，前方的雪道用肉眼就能观测到陡直了，而且索道的支柱上也用大字醒目地提醒着“前方陡险，后果自负”，越发地心慌了。瞄到一个只容一人站立的点就跳，这个支撑点实在太小，根本没有调整的余地，待手一松开滑索，前雪板还没调整到下滑的角度，人就摔坐在雪地上了，正好卡在下滑点上。自己起也起不来，想将雪板脱下又使不上劲，唉！只好等着救援了。

有人上来了，我摔坐的地点让他无处落脚。凭着高超的滑雪技术，他没似我一样摔倒。向我伸出援手，想直接拉拽我站起，没成功！只说了一句“你身体太重啊”，俯身帮我松开一只滑雪板，滑开了。站起、支撑、调整、穿板——这一系列动作只能在那个小小的卡点上，借助地面上微微隆起的雪堆完成，迈开一步，坡度就让人身不由己地下滑了。

滑在边缘上，雪没有那么松软，雪与板的摩擦力很小，尽管脚下外八分开几乎成直角，人还是飞速地向下滑，身体控制不住地开始向后倾斜，手臂上扬，心更加地慌乱。终于，雪杖摔飞了，人后仰摔坐在雪板上，惯性使然，人还在溜。“啊！完了，完了。”心想这下子不知要溜出多远呢！不管了，眼一闭，听天由命吧！等停下后寻找雪杖，人与雪杖已经距离十多米了。什么尽量侧摔啊！想起教练的话，要是能选择摔的姿势，那就不会摔倒了呢！

没有再做无望的努力，任由自己躺倒在雪地上。此时的天空蔚蓝蔚蓝的，周围静得能听到自己的心跳声，难得心脏跳动得还能如此咚咚响，不免生发出一丝拥有青春活力的欣喜。不知过了多长时间，也许只有几分钟或几秒，雪杖回来了，当然不是自己回来的。“不会滑怎么上这儿来了？”帮忙者问。小声地嘟囔一句：“滑过一次的，以为还行呢！”连我自己都没听清自己在说什么。

当再一次站起时，隐约看到下面有一位工作人员向我跑来，见我的情形，又停下回到了他的岗位上。

四

冰雪将融时，寒假结束了，上大二的儿子又要返回依傍着千山的学校，我借机安排了这个冬季的最后一次滑雪之旅。

辽宁千山温泉滑雪场，可以说是辽宁地区最具规模的滑雪场。冰雪与温泉共享，寒冷与酷热交融，青春与激情迸发，健身与旅游同在。

雪道共分高、中、初三级。

高级雪道是根据高山滑雪专业运动的规格设计，有高空缆车直达山顶，是真正勇敢者的运动，是对滑雪技术的真正挑战。如果来辽宁滑雪而没有到过千山温泉滑雪场，或者说来了却没能乘缆车登顶，那么就会留下深深的遗憾。同行的一位滑雪者，一个冬季已经来了四次，第五次时，他上去了，虽然滑下时摔得一塌糊涂，却得出了一个结论："还是欠火候啊!"

初级雪道设计得很人性化，如果没有旁边正在运动着的传送带，根本就是通往高级雪道的一条通道而已。在这里，初来的老弱妇孺也能感受得到滑雪的乐趣。微微的坡度，让人找到滑的感觉，但对滑雪技术要求又不是那么严格，只要双脚站稳，就能滑冰车般溜下去。一不小心也会摔倒，却又不会摔得人仰马翻。

中级雪道是滑雪爱好者的必由之路，也是我这个冬季滑雪之旅的"滑铁卢"。

穿上雪板，抬头面对的就是中级雪道。哇！人好多，路好长，坡好陡啊！似我这样有过几次经历的滑雪者大部分集中在这里。传送带设置在半山腰，如果没有掌握上坡的技术，只能走一步退两步，我费了九牛二虎之力才到达传送带上。山顶上挤满了人，望着下面直直的陡坡和不断摔倒的人，滑雪者们驻足不前。在车上时滑雪场就电话告诉导游边缘雪融成冰，提醒滑雪者选择中央滑行。选择雪道上人少的空隙，我凭着前两次滑雪的经验，直接滑下。试图控制速度，可是雪太硬，如在滑冰；坡太陡，重力加速度使我如在飞翔。集中精力全身心地下滑，无暇顾及前后左右，可是，“坏了”，即将到达坡底，一抬头，见有两个滑雪者堵在面前，没有选择地直接冲了上去，像踢足球似的将两人铲倒。一瞬间，三人相撞，我只感觉到一个身体重重地压在我的脸上，眼镜由鼻梁上压到鼻下。儿子见状飞快地跑来将我拉起，并不解地问：“见你滑得挺好的，怎么到下面还追尾了呢?”没等我回答，儿子又惊呼：“出血了!”一查看，是眼镜将上唇卡破了皮，怕儿子担心，我开玩笑似地说：“这下子破相了，好在儿子都这么大了，不然的话，老公都难找了哈。”用电话向老公汇报伤情，人家更轻松：“就当是整容了吧!”

不知道那两个人是什么时候离开的，滑雪场上摔倒和相撞是正常的，甚至都不用表示感谢或道歉。儿子买来“创可贴”，血止住了，我没有再上中级雪道的坡顶。不断有人滑下来，几乎无一例外地最后都以摔倒而告停，观察半天，得出的结论是经过一个冬天的摔打和磨炼，滑雪的队伍在壮大，在成熟，现在摔倒的都是已经学会滑雪的人了。

如果你没有身临其境，你无法想象这样的情景。一处是白茫茫的冰天雪地，一处是热气腾腾的温热清泉。不需要你鼓足冬泳的勇气，就可以在严寒中展示你健美的躯体。如果你没有亲自前往，你就体会不到这样的感觉。在寒冷的雪地上摔打得满身疲惫，然后泡一泡温泉，立刻僵硬的四肢舒展了，周身的疼痛减轻了，肌肤也因温泉水的浸润越发地光洁细腻了。

天气渐暖，冬雪即将融化，站在人工铸造的冰雪顶峰，挥一挥手，和冬雪暂别；喊一嗓子，再吸一口湿凉的空气；举目四望，相信过不多时，洁白的雪地一定会被绿绿的草覆盖。

路边静默的几台降雪机无声地诉说着：“明年的冬季仍然会瑞雪纷飞!”

第五辑

足迹

火车伴我一路行

我初识火车才三岁，那年，我家从小山村搬到了城郊。京哈铁路在离村四五里地的县城通过，中间隔着一个航空学院的教练飞机场，开阔得在村边就能看到飞驰而过的火车。而这条南北大动脉分支出来的一条通向港口的线路正好从我家门前经过，近得趴在窗台上都能数得清车厢。一节，二节，三节……于是，我的数学启蒙就从数车厢开始，省去了手指，更省得掰脚趾了。

五六岁时，夏季的雨后和小伙伴在村头玩泥巴。呜呜，咣当——咣当——咣当，火车经过时，泥巴锅也摔响了。“摔，摔泥巴，你一块我一瘩，捏辆火车开过家。”

七八岁上学了，老师说：“黑黑的货车，运载着物质，将南北融合；绿绿的客车，承载着人们，将岁月蹉跎。”于是，我知道家门口之外有更加丰富多彩的世界，而要到达那个世界只需坐上火车。于是，数车厢的手指常常会停在半空，思绪跟着火车飘向远方。

梦想着能坐一回火车，看看车厢中的风景。可爹妈总说，坐火车去哪儿哟？想想也是呢！家里最远的亲戚才十多千米的路程，走个把小时也到喽！有一年，姐和老叔坐上了火车，目的地是首都北京，要去看课本中的天安门。我好羡慕姐哟！可妈说，你姐那是去看病。我说，有病真好！妈就赶紧解开我的衣领扣子，让我冲地，呸，呸，呸，吐几口，说你这丫头，有病好什么好？

那么，我应该如何安放我的火车之梦呢？老师拍拍我的头说，用脑子，用智慧，用大学的录取通知书。于是，坐火车与上大学成了压在我心底的梦想。头悬梁、锥刺股般地努力之后，20 岁时，终于美梦成真。

告别了父母亲人，第一次踏进梦想已久的火车车厢，能听到自己的心在怦怦地跳。等心情平复，想透过车窗找寻家所在的村落，人已在千米之外了。不禁感叹：“火车的速度真快啊！”当我因出差第一次乘坐高铁，望着一闪而过的村庄、田园、树木，我又理解了“风驰电掣”的含义。

火车上人也真多，找座位是坐火车的头等大事。上大学那四年，学校所在地是始发站，提前买预售票，就可以安稳地数着站名一路到家。返校时就没那么幸运了，因是途经站，上车现找座，四个多小时的行程，时常会一路站到底。此时，童年的火车之梦在麻木的双脚中流失了很多。

工作期间偶尔远行，团队的活动无须个人太操心，只是在享受着卧铺的松软及车外的风景。去年，为了参加一个笔会，有了一次独立的旅行。网上实名购票、异地身份证取票等方便快捷的服务，让我觉得自己真是落伍了。而让我惊喜的是每个站点都售座号票，短途乘车也不必争先恐后地为座位奋斗了。

高铁进站了，我纳闷了，怎么每节车门与站台上的候车标志拿捏得那么准呢！

校园的那条小路

二十年前的大学生活留给我许多美好的回忆，但最难忘的不是教室，不是图书馆，也不是宿舍更不是食堂，而是连接着图书馆和几座教学楼的那条小路和小路周边的风景。

在大学生活那多思的岁月里，年轻的天之骄子们在上课之余，更多的是挥洒青春的激情。有的在操场上挥洒汗水拼搏，有的在图书馆里汲取知识，有的在沙龙中争论，有的在舞台上放歌，而我在闲暇之余，喜欢约上最贴心的朋友在校园的那条小路上徜徉。

在春天那牛毛般的细雨中，走在小路上，不必说什么，就那么走着、体会着，任细雨拍打在脸上，就如天然的乳液滋润着我们那原本就柔嫩的肌肤。心随雨丝而灵动，思绪随风而飞舞。反复哼唱："三月里的小雨，淅淅沥沥，淅淅沥沥下个不停……"

在五月丁香花儿盛开的季节，一阵阵花香袭来，不由得联想起口口相传的五瓣丁香送福的说法。且不管这个说法的来龙去脉，20 世纪 80 年代的女大学生们有谁没寻找过五瓣丁香呢！穿过黄杨树编织的树墙入口，钻到丁香树前，满树的紫白小花，一串串、一枝枝地盛开着。远观，花儿是一样的颜色和形状；近身细瞧，也只嗅到了一阵阵花的清香；再仔细地抓起一枝放到眼前，直到脖子发直，眼花缭乱也未必能找得到那幸福之花，心中不禁感叹幸福来之不易。骄傲的公主们哪能就此罢休，一枝枝地寻，一朵朵地数，也许就在大失所望准备离开时，蓦然回首，那五瓣花近在咫尺。于是欣喜地摘下，精心地放入随身携带的琼瑶言情小说的扉页，再将书枕在枕下。在梦中，小说的主人公有你，有我，也有了他……

在夏日的黄昏，透过树墙，在散发着花香的树下，可见一对对恋人相偎依的背影或是促膝读书的身姿。虽然学校不提倡学生谈恋爱，但是在青春萌动的季节，有谁能抵挡这种诱惑，又有谁忍心棒杀这美丽的恋情。总不能要求大学生如中学生一样男女同学不说话，学习必须在教室吧！当然，男女同学不说话是20世纪中学生的专利了。多年以后，已经鬓髯皆白的老师说："没有爱情生活的大学生活是不完整的。"置身于大学恋情这美妙的图画中，真是"只羡鸳鸯不羡仙"……

悸动的心、青春的梦留在了歌声中，放在了书本里，定格在了画面上。二十年同学会回母校又走在了那条小路上，天公作美，飘起了小雨，虽然错过了丁香花开的季节，但无意中拍下的师弟师妹们却依稀如昨日的我们……

自行车上的柔情蜜意

清晨，迎着初升的太阳，漫步在跨河公路桥上，桥上的人行道高出车道半米，此时，成了我的观景台。

各式车辆承载着赶路的人们，在我眼前、身边川流不息。

一辆老旧的二八架自行车迎面而来，骑车的是位穿着深色衣裤的中年男人。远远地注意他，是因为他骑行动作特别，只见他两手实实地握着车把，两脚重重地踩踏着车蹬，身体也配合着左右摇摆。没风没浪的，这么个小小的上坡用得着费那么大劲吗？骑得近了，眉目间流露的却是轻松的表情，嘴角微微地动着，仿佛还在哼唱着小调。等擦肩而过时，哦！才发现他的车后座上还载着一个女人。她正对着我，穿着比男人鲜艳一些的运动衣裤，两只脚交叠在一起，两手握着放在两腿间，就那么四平八稳地坐在车后座上，一脸的平静。这两人一车是要去做什么？久违的情景了！

似乎是为了反驳我的少见多怪，还没等收回追随中年骑车人的目光，一辆电动自行车，承载着一对年轻的小夫妻或是恋人，轻松地骑过桥头的交通岗，骑到另一条路上去了。这对衣着艳丽而新潮的年轻人，他骑车，她侧身坐在后车座上。她两只手从后面揽过，搂在他的腰间，头倚靠在他的背上，而他还时而空出一只手爱抚着她揽在腰间的手，那种相恋相偎的柔情蜜意令人羡慕！

又一辆三轮车骑过，这辆车比乡村拉活的三轮车要轻便和小巧，只有一骑一坐，相当于多了一个轮子的自行车。看那骑车人，天！白发苍苍一老太太，年龄至少也六十开外了。再瞧后面的坐车人，年龄应该和老太太差不多，只是神情上有些木讷。要是用一句成语来形容这辆车和人，用

“相依为命”应该是最恰当不过的吧!

我的眼睛已无法再聚焦，车后座上的柔情蜜意，勾起了我的回忆……

刚结婚时，住在离城八里的姐姐家，每天路经一片开阔的教练飞机场。怕我累着，丈夫骑车让我坐车后座，那时称为坐“二等”。遇大风天，我时左时右时正地背风坐着，手揽着他的腰，头靠着他的背，而他奋力地骑行。阴雨连绵时，两人同穿一件宽大的雨衣；骄阳似火时，两人打着一把遮阳伞。夏天，我为他细心地擦去额头上的汗水；冬天，他怜爱地为我温暖着冻木的手脚。我们就这样一路风雨兼程，骑过了几度春夏秋冬。

现如今，笨重的自行车已经做了改良，变的是车型，不变的是车上那浓情蜜意的人们……

东北火炕

“红嘴、扁腰、尾巴蹶房上高”打农家物件三，这是东北农家孩子启蒙的谜语知识。红嘴，即烧火的灶门；扁腰，即火炕；尾巴蹶房上高，即烟囱。这三样是东北农村民居中必不可少的组成部分，就像连体三兄弟一样，首尾连贯，密不可分。

不论是冬天飘雪的清晨，还是夏日雨后的黄昏，如果你走进农家小院，首先映入眼帘的必是那房顶上或浓重或清幽，或笔直或曲折升起的袅袅炊烟。

推开外间屋门，一股混合着柴草味的烟雾和水蒸气扑面而来。定睛细看，灶中的柴火燃烧得正旺，不时传来噼里啪啦的响声。有时，因为雨天柴湿，初时火并不是很旺，待得拉动风箱，沟通风门，先是一股浓烟喷出，之后，被慢慢烘干的树枝或秸秆噗的一下着了，映红了在灶前忙碌着的人脸。如果躲闪不及，还会烧焦额前的几根发丝。稍时，灶台上的铁锅有了热度，巧妇们开始大显身手，或炖或炒或蒸或煮地制作美食了。

由灶间掀开里屋的门帘，扁平的火炕是整个居室的主题。有个小品是这样形容炕的：广字下面加一个木是床，加两个木是双人床，加十个木就是炕了。在东北农村，都是一大家子睡在一铺大炕上的。一间房的炕能睡六七个人。有的人家男女老幼几代住在两间房的大炕上，为了适当地避讳，在里外屋房梁与炕之间隔起一层挡板。一炕的人，呼噜声、磨牙声、说梦话声此起彼伏，哈哈，不比大合唱差呀！难怪南方人和现如今在城市中长大的年轻人会惊呼：“天哦，那怎么睡得着哟！”好在农村现在也富裕起来了，儿女结婚以后都能建个新房，分出去另过了，有条件的自己独门独院，差些的与父母住对面屋。祖辈传下来的习惯有些已经被现代的文明所取代，不变的是东北地区特有的火炕……

东北农村的火炕也分很多种，有南炕、南北炕、满地炕等。不管炕在哪个位置，基本上都是用土坯制成的。先用砖或土坯在离开窗口两米处平行垒起一道约一米高的炕墙，炕墙长度是根据房间的大小而定的，炕墙上再配置一根木方作“炕沿”。然后在炕墙里用土坯错落有致地垒起短墙，短墙一是支撑上面搭炕的土坯（也有用平整的石板）；二是为挡火，使烟火在炕中存留的时间长些，以利于热炕。还真别小看了这短墙，其中可能还暗含了“八卦”理论，要请专业盘炕的师傅才成，不然炕就会不热、倒烟，熏你没商量。依靠短墙均匀地搭上土坯之后，再用泥抹上，点火烧干，铺上炕席，火炕就做得了。炕席以前是用草或秸秆皮编成的，随着人们生活水平的日益提高，现在大部分炕席都由既美观又光滑易擦拭的地板革取代了。

东北的炕既是休息的床和接待客人的沙发，也是取暖和生活娱乐的场所。农闲时节，街坊四邻间互相串串门，坐在炕沿上，卷袋旱烟，唠点家长里短。更有那脾气相投的亲朋好友，放上炕桌，烫壶老白干，炒两碟下酒菜，骗腿儿坐在热炕上，举杯对饮，其乐融融。

春天，室外乍暖还寒，借着火炕的温度，地瓜秧、黄瓜子、豆角子等在勤劳的农人操作下在室内抢先发芽，单等地气回升，发芽的种子和着泥土的芬芳，迫不及待地向世界展示出一抹新绿，没过多久庭院就充满了绿意盎然的春的气息。

夏天，多少个暖风习习的夜晚，大开着窗户，手持蒲扇，躺在铺有凉席的炕上，听着屋外传来的蛙叫蝉鸣，闭上眼睛，任思绪和梦一起飞翔。

秋天，九月的夜空，月朗星稀，在无月的晚上时而趴在窗前细数，时而躺在微温的炕上沉思。牛郎织女星，你们为每年仅有的一次七夕鹊桥相会做好准备了吗？北斗七星，你在天之遥，我在地之远，你可知道我的路在何方？

冬天，朔风夹着雪花把大地都冻僵了。此时钻进早已经被火炕焐热的被窝，哇，好暖呀！被窝里外，炕上炕下不是恒温，那可真是炕烤脊背暖，风吹素面寒。全身要尽可能地藏在被子里面，实在温差太大时，头上还要挡个棉袄，只露出眼睛和鼻子。整夜都热乎乎地睡着，直睡得全身发硬，睡成烙饼了也不愿意起来。赖着不起床也不行，有时候火炕太热了，你想不起来都躺不住了。

关于睡火炕，有一件发生在二十年前的趣事。

婆家在铁岭农村，做饭、取暖主要以烧柴火为主。烧柴火有一个最大的缺点，就是灰多，即便是做饭的灶坑每天往外扒灰，可时间一长，炕洞中积的灰还是会将炕堵得倒烟。如果是两间房子的火炕，为了保证整个炕的温度，还会在中间另开一个小灶特意烧炕。这样，火炕被灰堵塞的概率就更大，时常得刨开炕的一条进行疏通。我第一次去婆家之前，家中的炕就进行了这样一次修复工程。

晚上，睡梦中觉得身下的炕热得有些承受不了，烙饼似的左右翻身。借着从窗户透进的月光，偷看一炕人都在呼呼睡得香，似乎没人感觉很热，心想炕头的人都没感觉到热，我睡在炕梢也应该不会太热的吧，是不是我不习惯了，第一次来，可别太娇气了。没吭声，坚持着……第二天起来一看，褥子都烙糊了。大家都笑说我真能烙，这样都没烙醒。按常理说，火炕是炕头热炕尾凉些的。那次是贵客才有的特殊待遇呢！哈哈，我睡的地儿是新抹的，比其他地方热得紧，可是，我哪儿知道这些哟！

一年三百六十五天，火炕成为了东北农村人天天相见的亲密伙伴。炕用它火热的胸膛承载着人们的重压和梦想，让人们在一夜的休息之后又开始了新的跋涉。

古老淳朴的白石头

可能有很多人知道葫芦岛市连山区山神庙子乡有个和灵山寺齐名的凉水井子村。凉水井子地区是葫芦岛的革命老区，抗日战争时期是抗日根据地，解放战争时期是中共锦西县委、县政府所在地。但是，即便是连山地区本地人，也鲜有人知道在灵山寺的山背后，凉水井子村翻山只有五华里路程的地方还有个白石头村。

借阳光工程乡村旅游培训之机，走进了这个历史悠久，古老淳朴的小山村，认识了那村、那路、那山、那树、那石、那水，和那里的人们。

过连山区山神庙乡政府，沿着通往建昌去的乡级公路，行七八华里路就来到了白石头村。本村由六个自然屯组成，沿着公路而居，分别为邢家店、白石头、郭炮屯、赫家窝棚、南沟、北沟。

路是古道，在两山间的河套上东西方向延伸。两山夹一沟的地势，使得路是村子连接山外的唯一通道。平坦的公路两边栽种着高高的白杨树，路边的一间客运站和平坦笔直的公路，使得村子并不与世隔绝，初来这里的人们也不会有穿越时空的感觉。

山是村子的近邻，是村子的依靠，村前村后都是山。在邢家店村后就是灵山风景名胜区灵山五佛所在的五座山峰，站在村头能清晰地看到475米的最高峰上的弥勒佛背身，而这并不是此地区的最高峰。再向前行，在白石头村后是高度仅次于大小虹螺山的老围山。按其地理位置，有文字记载的应该是称为“围屏山”。老围山海拔500多米，因何得名，询问65岁的土生土长的老人也不得而知。

那里是山区，最不缺的就是石头，更有想当年把小日本都给吓退了的神石，这话说来可长了。有人要问了："中国的石头比军队吓人吗?"是的，在当地确实流传着神石让这个村子避免了下五家子那样的惨案的说法。

山神庙子地区是抗日根据地，抗日最坚决。日本鬼子就采取三光政策，对这一地区进行大扫荡。而且白石头村地处要道，日本人前进到朝阳，退回到锦西都要经过此地。当时一位日本翻译叫白凤玺的，是当地人，熟悉这里的情况。日本鬼子要血洗白石头村，当走到村子的东山口时，看到了一块奇特的石头立在路旁。那是一块土白色的风化石头，状似一个白胡子老头。白凤玺翻译给日本人，说这是块神奇的石头，在它的周围挖出过一块底座是寿龟的石碑，因此村名叫"碑石头"。神石不只这一块，是相伴而存在的，在河对面山脚下还有一块状似老太太的石头。曾有人想炸下来放到别处，想尽了办法都没能移开。日本人也是讲迷信的，据说每到节日，他们烧纸钱祭神灵先人等要比我们虔诚，而且日本人以龟为神物。也许是做贼的人心虚，反正没敢触犯神灵，悄悄地撤退了，使得白石头村避免了一场灾难。

60多年前的事，经历的人还有在世的，至于白凤玺是如何具体讲的就说不清楚了。但是这个村子现在叫白石头，过去是叫"碑石头"的，叫得久了，就碑、碑，白了。合屯并村的时候，人口最多的，也最富神奇色彩的白石头村就成了合并后的村名了。

那里的树多数是灌木，漫山遍野的荆条是最好的编织材料。可惜随着肩挑人抬的农耕生产被现代化的机器种植所取代，编筐编篓的手艺可能快要失传了。在河谷地带，原来生长着许多苹果树，品种就是被毛泽东主席称赞过的"锦州那个地方出苹果"的国光苹果。但是因为树龄太长，又疏于打理，苹果树慢慢地腐烂，就被老百姓连根刨了。近些年相对好侍弄的粮食作物价格看好，于是，果园就几乎被大田取代了。那里也有松树，阴坡有成片的松林，偶尔在村后的小土包上还可见迎风独立的“迎客松”。村人们视之为村子的风水所在，给多少钱也不允许移动的，更有人单独为两棵松树修了庙，建了个小院。

那里的水有河水、溪水、泉水、雨水、井水等。女儿河在村东头横穿而过。村前还有一条小溪，在11月末的时候，上面结着冰，下面却还哗哗地流淌着。在老太太神石几米远处，有一处泉眼，泉眼上有一个一米见方的龙口，下面是在新中国成立前就依山傍泉围成的一个水库，水库呈不规则状，周长百余米，正在流淌的溪水大概就是源于此。

白石头村六个自然屯共360多户，1188口人，人均一亩多耕地，人多地少，五十岁以下的青壮劳力都出外打工挣钱，家里大部分是老人和孩子留守。听说阳光工程在乡敬老院进行乡村旅游培训，男女老少的来了70多人，挤了满满一屋子。初时还有人交头接耳地议论着，随着连山区旅游局副局长李德华深入浅出的讲解，说话声几乎没有了，大概每个人心中都在盘算着，应该如何把自己家的一亩三分地合理地利用一下，借助于灵山寺的旅游开发，让果树和菜园子变成自己的钱袋子。

可以说现如今，白石头村农家的生活是进人到现代化的了。闭路电视、宽带入网、电话、手机信号都和城里没什么差别，电饭锅、燃气灶成为了农妇必备的厨具，甚至于在城市楼房中还不普遍的地热也安在了乡敬老院中。

山间的枯枝野草再无人问津了，如果是生活困难时期，这可能吗？村里人五六十岁了，干活还比年轻人强，让城市里养尊处优的年轻人都自叹不如，如果没有纯天然绿色食品和大自然清新空气的滋润，这可能吗？

如何把知足常乐、随遇而安的农家淳朴的生活状态变成城里人提供舒缓压力、短暂小憩的旅游资源，如何把农家土里刨食自然喂养和生长的鸡、鸭、瓜果、蔬菜、山珍、野菜变成城市人餐桌上的美味佳肴，如何把乡村旅游和阳光工程真正地变成为村民真诚的自觉行动，这是目前摆在我们面前的问题。

曾经的边塞千家峪

寺儿堡，这是一个古老的名字，曾经，明辽东长城与清代柳条边在这里重叠，组合成一条坚不可摧的防线，将其定格为边城。这是一处山峦起伏、沟峪纵横的所在，人们习惯地将长城和柳条边称为“边墙”。边墙内外驻守的将士，成为了边塞的早期居民。因世事变迁，慢慢地按照家族姓氏、风俗习惯等以沟峪为界，又形成了若干个村屯。千百名将士在边防戍守、定居，一代一代繁衍生息，逐渐以镇北约4千米处为中心，形成了一个村落“千家峪”，又称“前玉”，现名为辽宁葫芦岛连山区寺儿堡镇前峪村。

现在的前峪村分前峪和宋沟两个自然屯，有2027口人。

前峪屯的大姓首属“岳”氏，岳姓一族不仅仅有家谱和祖坟，而且世代遵守着“岳姓不与秦姓通婚”的世仇祖训，“岳飞后人”“天下岳姓是一家”的说法如此可证。

相传，明朝年间，岳姓两兄弟随同戍边的大军从河南老家来到了千家峪，两兄弟战时为将，平时躬耕，沿河而居，一南一北，互相照应。虽然辛苦劳作，但只能勉强维持温饱；虽然悬梁刺股，但能取得功名者寥寥；虽然红烛高燃，但仍人丁不旺。百思不得其解之际，族长偶遇一位云游道士，请进家中虔诚地求问缘由。初时，不论如何询问，道士只是闭目不语；每日好吃好喝地款待，道士仍然三缄其口。对此，族长并不介意，吩咐家人以宾客之礼待之。过了约半年，主客双方似乎都忘了，不再提及此事，道士以此为家般地住下来，久而久之，道士俨然成了岳家的一员。三年之后的一天，道士忽然开口：“真乃岳家军后人也!”道士与岳家约法三章，道士以己之目点化岳家，而岳家要世代孝敬之。道士在岳家祖坟前，仰视苍穹，脚踏大地，高呼："请苍天赐岳家福禄寿喜，愿以双目敬之……"一股青烟从岳家坟上冒出，化作一条龙，直冲九霄。这样，岳氏一族开始人丁兴旺，富贵殷实，金榜题名，官运亨通，大小官员如一斗芝麻似的数也数不清。又不知过了多少年，岳氏的老一辈人相继去世，岳氏后人对双目失明道士不再敬重，穷困潦倒的道士在徒弟的搀扶下重回岳家坟前仰天长叹，本来晴朗的天空即刻乌云密布，大雨倾盆。雨停了，道士的眼睛复明，而岳家的家势却开始走下坡路了。现如今，传说中的一切早已经随着历史的尘埃远去，无法考证，唯有岳家祖坟上的草木一岁一枯荣。

曾经的边塞千家峪，顾名思义，住户除了岳姓，还有其他姓氏的百千家居民。按现在的行政区划，前峪村还包括宋沟屯。这宋沟屯名称由来并不是村里有大户姓宋，而是本来叫"送命沟"，人们认为名字不雅，新中国成立后就换称宋沟了。曾经的边塞，虽然境内没有著名的高山，但沟沟壑壑，草深林密，一望无际，獐狍野鹿、狼群虎豹随处可见，尤以北沟山峦起伏，地势险要，柞树、枫树、茶树等稀有树种漫山遍野，一派繁茂景象。

和前峪一样，宋沟的住户相传也是明朝年间戍边的将士后裔，以郑、荀姓为主。时光如屠户的杀猪刀般飞快掠过，砍削得世间万物生生死死、分分合合，而荀氏祖坟前仅存的一棵几百年的大茶树留下了许多不老的传说。

当地人口中的大茶树，树高 15 米，树根直径 1. 2 米，枝繁叶茂，形同展翅欲飞的凤凰。"凤凰展翅"的大茶树如慈眉善目的老人，用他那慈祥的目光观望着世人，呵护着子孙。是不是茶树？南方的茶树怎么会出现在寒冷的边塞？而且存活了几百年？没人去考证，也似乎没想到去考证。人们只是一代一代地对这棵古茶树怀着崇拜和敬畏之心。

传说在很早以前，郑氏家一头小牛在茶树下与一只老虎相遇，它们在树下激战一天一夜，不分胜负。小牛回家后，家人见小牛浑身是汗，不知何故。第二天一早小牛跑出院子直奔北沟茶树下，继续与虎搏斗。随后赶到的郑家人见此激烈场景，喊来了村民为小牛观敌瞭阵，小牛与老虎久战不下。一道人从茶树上折下两根树枝做成两把木剑绑在牛角上，立刻牛角寒光闪闪、光芒四射，老虎不知这是何物，一个躲闪不及，被牛一角刺死。从此当地就流传着“初生牛犊不怕虎”的故事。

后来，据说郑家人把从牛角上取下的木剑挂在屯内，从此各种野兽都不敢进村伤人了，人们都过上了平安的生活，这棵大茶树也就成了屯里人们心中的守护神!

又据说有一个放羊娃，羊儿吃草的空闲，仰面躺在树下的他听到了小鸟在树上唧唧喳喳地叫，他童心大起，淘气地爬上茶树掏鸟窝。上树容易下树难，爬上去后他却怎么也下不来了，天黑未归，家人寻来，再三祈祷，放羊娃才算从树上下来了。这个事经大人讲给孩子，小孩子别说上树了，连接近此树都胆战心惊。

几百年来生长在这个屯里的人们，吃的是流经茶树下的水，饮的是这棵古树的茶。这里的老人个个身体健康，90 岁、100 岁的老人屡见不鲜，是远近闻名的长寿村。老人们都说是这棵古茶树赐予他们的福和寿。古老的大茶树是人们的万年历和农耕表。春天，白白的茶花怒放，告诉人们要抓紧播种；夏天，绿绿的茶树枝叶茂盛，预示着风调雨顺；秋季，一片金黄簇拥着大茶树，古老的大茶树与人们一起沉浸在欢庆丰收的喜悦之中!

如今，曾经的边塞只留存残破的墙基、土包、壕沟，千家峪的名字也已鲜为人知，但这里人们依托着祖先的庇护，靠勤劳和智慧，建设着自己美丽的家园——前峪村。

山村野趣

从农村走考学之路而融入城市，我是干过一些农活的，比如种菜、卖菜、挖野菜；又比如上山摘果，下海摸鱼；再比如春种一粒粟，夏锄无数草，秋收万颗子，冬拾取暖柴。但就没有当过采蘑菇的小姑娘。是有过一次机会的。那是小时候和母亲去山村的亲戚家串门，说要带我去采蘑菇的，可是听说山上有蛇，生性怕蛇的我，一听这话，只好作罢。

十一长假的一天，在家当了几天家居女人，正闲得无聊之时，朋友邀请去山里亲戚家采蘑菇，一为圆梦，二为散心，我欣然前往。

车行一个小时左右，进入南票区地界不久，从宽阔的柏油路拐进了只容一辆车经过的乡间土路，偶尔有马车或摩托车迎面开来，只好找一稍微宽阔的路边草丛慢慢错车。因为刚刚下过雨，路中央有许多大大小小的水坑，车过处溅起泥水喷射到路边，惊得卧在草棵中的鸡、鸭扑棱着翅膀向更深处的小树林里跑去。

一路蜿蜒前行，最后，车停在了山坳中一户农家院前。主人热情地迎出来，一阵寒暄过后，进得屋来，看到处理好的两只大公鸡赫然摆放在一个大盆里，旁边锅台上还放着两串蘑菇。指着这两串蘑菇，第一次来的朋友忍不住问：

“我们今天上山就能采到这样的蘑菇吗？”

“这叫什么蘑菇？”

“采到这样的蘑菇得走多远？”

听到我们的问话，多次深入山区体验农家乐趣的莉，边换迷彩服，边回答：“这叫红蘑，是蘑菇中最好吃的，现在这样的蘑菇市场价得一百多块钱一斤。这是今天我们所能采到的品种之一，要翻过一座山才能采到呢！”

“还要翻山越岭吗?”喜欢摄影的菲如是问。我笑答：“你以为蘑菇都长在大马路上啊！”

“不是的，我以前看到有人是在平地上采蘑菇啊。”

我装作很有生活经验地说：“那是雨后，在平原地带田间地头的树林、草丛中采的吧。那里只能采到灰不溜秋的草菇，像这样的红蘑和松蘑是采不到的。”

屋主人，一位淳朴的农村妇女，找出一件黄黑格的上衣让菲换上，“林子里草刺很多，好衣服是经不起刮和扎的。”

挎起已经久违了的荆条编的筐，拿把收割用的镰刀，一行人在亲戚兼向导的带领下，浩浩荡荡地向山上进发。屋后是一条哗哗流淌的小河，在跨过小河时，这个活动的发起者渌才想起清点人数，除了不能上山的老人和家中留守做饭的，一共13人。渌边查人数边喊：“前后跟上啊，进山互相照看点，别丢了。”

俗话说：“饱山饿海。”在硕果累累的金秋入山，想饿着都难啊！看到挂满枝头的红红的大枣，初时还想着不拿群众一针一线的三大纪律、八项注意什么的，后来实在抵挡不住闯入眼帘的万绿丛中点点红色的诱惑，就在树主人的面前用镰刀打下几颗红枣，在手里撸巴几下就急急地送入口中。咬一下，咔嚓一声脆响送入耳际；嚼一下，丝丝甘甜通过唾液沁入心田。树主人看到我们的吃相憨厚地笑着：“好吃吧，都是家出的，没事，好吃就多摘些吧！”

是的，好吃，就是一个字“甜”。

亲戚向导搭话：“城里来的亲戚，来山上采蘑菇的，我家的树上也有好多呢！”

走到亲戚家的树前，大家或摘或打地各自摘了满满一兜儿。妥了，干

粮准备充足了，只等向往中的蘑菇出现了。

顺着山间小路，穿过一片玉米地，来到当地人称作“老刺背”的山丘前（我们辽西的山大多不高，只能称作是丘陵）。老刺背因何得名不得而知，虽不高却也是连绵蜿蜒着。我们面前的山坡上有一片松树林，在周围明显留有人工痕迹的大田和果木的映衬下显得苍老而凝重。正是这一片松树林，给蘑菇的生长创造了条件。

一进入松树林，人们就三三两两地各自分散开了。初时还能听到不断的惊呼：“我找到黄蘑菇了啊!”“好多呢!”“这有一颗，那儿还有一颗，天哪！这儿有一堆……”在人们的惊呼中我也俯身侧面地扒开荆棘，钻入林间树下。树下除了枯枝败叶就是东北旧三宝之一的“靰鞡草”。靰鞡草还真是宝贝，沿着有靰鞡草的地方穿行，省了荆棘的割刮，累了时，一屁股坐在靰鞡草上，感觉软软的，好舒服呢!

手足并用地在林间树下仔细寻找，可是，蘑菇好像是在故意考验我的耐性，手臂上刮了好多道道，钻心的疼，却还没瞧见蘑菇的影子，这还多亏了从亲戚家带来的竹筐帮我抵挡了许多荆棘。虽然今天我意不仅仅在蘑菇，而在于山水之间，但是，既然来了，连蘑菇长什么样都没见到就打马回山也不是我的性格啊！难道采蘑菇也似挖野山参要有缘人才可得吗?

顺着靰鞡草生长的缝隙，努力地爬上一个坎，猛然发现眼前树根下的草丛间，一颗圆圆的伞状生物赫然挺立，借助透过树叶钻进的斑驳光辉，看到了那朵淡淡的土黄，定睛细瞧，在伸手可及处还有几堆同样的蘑菇，大小不等地拥挤着。一刹那，仿佛有了“蓦然回首，那人却在灯火阑珊处”的感觉。在我发出有些变了调的惊呼之后，不远处的摄影师菲，跑过来把我与生长着的蘑菇的第一次亲密接触定格。

不顾一心寻找蘑菇的渌的鼓动，我与菲挎着竹筐和采到的“样品”似的蘑菇，手拿镰刀和带来的一应物件，寻路返回。

今年的雨水相当充足，相对低洼处变成了小溪。溪水时而沿着山间小路向下流淌，尝一口，清爽甘洌；时而穿过果园，在人工修造的梯田落差处形成了“瀑布”，听一耳，余音绕梁；时而流进青纱帐，使本来的旱地变成了水田，瞄一眼，回味悠长。双腿横跨在积水成溪的小路上，抬头向天，高举双手，闭目倾听，松涛阵阵、青纱刷刷、溪水咚咚，好一段大自然的交响乐呢！

一路下来，土地家庭联产承包责任制带来的好处在这个山乡随处可见。依附山势，各家各户让各种农作物都找到了适合自己的栖息地。

在较为平坦的一块山坡上，遇见一位刚从松林中采满一篚蘑菇的妇女。她头上包着一块土黄色的围巾，这围巾在20世纪七八十年代是农村妇女必有的装饰品，我也有一块到现在还保留着呢！在围巾的包裹下看不出她的年龄，只见她走到一块玉米地里，坐在已经放倒的玉米秆上喝水吃干粮，稍稍休息后开始扒玉米棒。一问方知，采蘑菇是副业，今天上山主要是把这块地的玉米扒完，等她家男人赶驴车拉回去，下山时会顺便再把地周围山冈上的大枣摘些回去。看她忙碌的身影，我们不忍心多打扰，问明了路线，就离开了。

在一处修剪得整齐干净的果园处，我们放慢了脚步。十几棵果树被主人用石头、树枝围在一个相对独立的园子里。看到挂满枝头，迎风摇曳的红红的苹果，才认出这里的果树多为苹果树，零星的有几棵不足一人高的小枣树，一看就是新栽种的。苹果品种是“果光”，每每看到果光苹果就会想起毛泽东主席那句“锦州那个地方出苹果”。也许辽沈战役的支前慰问品中就有这样的果实呢！在果树新品种层出不穷的今天，人们吃罢个大又水分充足的新品种，总觉得还缺少点什么，是什么呢？怕是那种甜中带酸，酸酸甜甜的味道吧！

在菲不停地对着果树按动快门的时候，我却对穿过果园向下流淌的小溪中绿油油的、密麻麻的、一丛一丛的植物发生了兴趣。是草吗？草叶不会如此的上下粗细一致而圆实啊！是小蒜吗？小时候在园边地头挖的没有这么长的叶子啊！手抓紧一撮，用镰刀插入水中根部的泥土中，用力一挖一拔，带起的泥土搅乱了溪水的清澈。顾不得许多，定睛细看手中挖出的植物，虽然有一些折断了，只剩绿苗，但大部分小蒜头还在呢！在溪水中洗净泥土，向菲喊："纯绿色食品，尝尝吧！"菲闻声赶来，接过放到口中品尝，点头说："嗯，嗯，是这个味！"

我问："你的照片拍得怎么样了？""还行吧，就是缺少点活物，没有动感，要是能找到一条大蚂蚱什么的就好了。"菲略带遗憾地回答。"到哪里去找那小东东呢？就是找到了它也不是老实的模特啊！"

说着话的工夫，菲拿着照相机，我臂挎着筐，肩扛着镰刀边走边玩，边看边挖边拍着……

接下来发生的事，让我真正理解了什么叫心想事成。正当我心里琢磨着怎么才能找到一个拍照的活模特的时候，猛一低头儿，"踏破铁鞋无觅处，得来全不费功夫"，就在我胸前的衣服上，一只螳螂昂首挺胸地正与我对视呢！我当时的惊奇不亚于发现天外来客。

山里边天黑得早，吃罢纯正的小鸡炖蘑菇，在太阳即将隐到山后的时候，我们先行驶出了这个古朴的小山村。当车开出山口，西边的太阳还在半空中，回望那个小山村此时已被晚霞映照得红彤彤的……

长城在我们身边蜿蜒

见识过山海关老龙头的城海相连，体验过嘉峪关城堡的黄沙漫天，也曾在三龙聚首的永安锥子山寻根溯源。忽一日，发现在卫星图上可见的东方那一条亮线，却也在我们身边蜿蜒，怎不让人感慨万千！

春分的第二天，万木还未复苏的北国大地难得地刮来了丝丝春风，在周边地区正受着沙尘侵袭的困扰之时，辽西大地上却出现了阳光明媚的绝好天气。在这样的好天气里，文史研究会一行九人寻访连山区内的古长城，真是福也，命也！

穿过葫芦岛市虹螺岘镇靠山屯村，向西南二三里，来到属于小虹螺山脉的子午山。山并不高，没费多大力气就到达了百姓口中所说的“炮楼子”。“炮楼子”已成半壁，从仅剩的残砖断墙上看，砖是青砖，勾缝的泥灰却是深浅不一，可以明显看出多次修复的痕迹。从外观上分析，此“炮楼子”可能是抗日战争或解放战争时期用于防御的碉堡，但从地形、地势上看，这里是明长城防御体系之一的“烟墩”的原址。“烟墩”也称烽燧、烽堠、墩台、亭、烽火台等，是一种白天燃烟，夜间明火以传递军情的建筑物。“烟墩”多建于长城内、外的高山顶，易于瞭望的丘阜或道路折转处。形式是一座孤立的夯土或砖石砌高台，台上有守望房屋和燃放烟火的柴草，报警的号炮、硫黄、硝石。台下有用围墙圈成的守军住房、羊马圈、仓房。

走进烟墩，所见已经是满目疮痍，经过五百年的风吹雨打，烟墩早已失去了往日容颜；飞速发展的高科技时代以及安乐祥和的社会也使它丧失了昔日的功用，成了人们遗忘的角落。历史是不能也不应该被遗忘的，当

我们在感叹身边缺乏历史文化的同时，是不是应该做点什么了？

透过破败的残墙向西南、东北眺望，在高低错落的丘陵山脊上，一条曲折的墙体清晰可见。虽然山谷中因耕地和果园使之形成了断带，但还是有迹可循，越是人烟稀少的险要之地越能保持历史原有的风貌。家住深山无人问，辽西明长城如羞涩的、从未见过世面的少女，等着有识之士去掀开她的神秘面纱。

世上无难事，只怕有心人，为了更细致地贴近长城，我们一行又驱车向丘陵深处进发。从虹螺岘镇团山子村下公路，穿村折向西南，行不多远，就出现了一处岔路口，先靠右侧行进，到达东沟。从山谷抬头远眺，山峰陡峻，岩石林立，没有绿色草木的映衬，山峰显得更加挺拔；横亘在山脊上的长城宛若大山的脊梁，在强烈的阳光照射下显得雄壮而厚重。又折回到岔路口靠左行进在田间土路上，大约走了半盏茶的光景，到达位于长城脚下，隐藏在山谷中的小山村——小茅沟。

到这儿，长城已经近在咫尺，“不到长城非好汉”，顾不得其他，我们急切地拨开荆棘，任凭枝杈割刮，寻路前行，终于踏上了长城。家乡的古长城，用它那硬如铁、白如玉的碎石城墙，迎接着我，温暖了我渴望已久的心灵。站在长城上，顺着城墙的走向，伸开双臂，闭上眼睛，听着山风的呼啸，想象着当年的金戈铁马，心中顿生一种豪迈之情。

家乡的长城，是一座石墙，只有一米多宽，可能是就近取材，用山石垒成，经过雨雪侵蚀、冲刷，现如今，土已失，墙已倒，高不过膝，已没了往日的险要和威慑力，只有石依旧。一时兴起，如孩童爬墙头一般，顺着墙体向上攀登。时而手足并用地前行，时而席石而坐，不时还仔细翻捡着落在旁边的远古时代形成的奇石。笑谈：“姐看的不是风景，是文化。”墙石有的大而笨重，有的小巧玲珑。不管是笨重也好，玲珑也罢，是它们组成了长城的筋骨。长城顽强地向前伸展着，留给后人无尽的遐思……

待到山顶，近观，用石头堆砌的百姓口中的“王子坟”屹立在山顶，王子坟的传说已经无法考证了，但这里原来曾经是长城的垛口是无疑的。双手合十，怀着虔诚的心，低头为曾经的拼杀，为逝去的一切祷告！拾起一块散落的石头，放在墙体上，算是为长城添砖加瓦吧！远望，一览众山小，果园、农田、村庄尽收眼底。作为长城一部分的石墙，在山岭中，用它独特的方式，默默续写着它的传奇。看着这一切的一切，怎能不让人激动，一口真气从丹田发出："哟嘿嘿——"

不忍心再去踩踏长城遍体鳞伤的躯体，返回时，从旁边的荆棘与草丛中摸索着下滑。"其实世上本没有路，走的人多了，也便成了路。"此时才真正体会了这句话的含义。

下到半山腰，是一片枣树林。只见过房前屋后的零星枣树，像这么大一片别无它树的枣树园子还真是第一次见到。尽管经过一冬的风雪，我们走过时，仍在树下拾到了一捧自然风干的枣儿。用带来的矿泉水洗洗放入口中，不错，甘甜的口味是家枣，不是野生的酸枣。农语有"旱枣涝梨"的说法，莫不是这儿雨水很少吗？这个疑惑，在小茅沟的村民口中得到了证实。

在村头遇到一看上去五六十岁的村民赶着毛驴车，车上装着一个用大油桶改装的水桶。一问方知，小茅沟只有二十几户人家，住着六十来口人。这六十来口人大多是上了点岁数的老人，因为没有水，年轻一些的都搬走了。这些故土难离的老人们，每天都要到几里地外的团山子拉水吃。原来家家都有井，村头较为低洼的地方，条件稍好的人家也花钱打了两眼深井。可是由于近些年干旱少雨，水位下降，处在半山腰处的小茅沟就成了"上甘岭"。如果不是亲眼得见，你会相信离经济富裕的重镇仅仅不到十千米的地方还有这样的一处所在吗？

说小茅沟是捧着金饭碗要饭吃，一点都不为过。他们也许不知道，他们口中的边里边外的界墙，不仅仅是地球人都知道的万里长城的一部分，而且还是三百年前清朝政府修建的柳条边的一部分。为了保护大清龙兴之

地而修建的“绿色长城”柳条边在这里与明长城合二为一。

小茅沟人是不幸的，在他们的祖先遭遇了边塞战乱之苦、分离之痛后，他们如今还要面临着迁居和干渴。小茅沟人也是幸运的，灿烂的历史文化一旦被开发，一定会结出丰硕的果实。

回程时，车陷淤泥之中，在朴实的村民帮助下，车轮甩下一地泥浆，冲上了坚实的道路。站在车旁的我，不期然被淋得满头满身泥浆。望着镜中挂满泥巴的脸，我不禁开怀大笑，笑痛了肚子，笑弯了腰，好像许久没有这么开心大笑了。

笑过之后，伏案沉思。中国历史上费时最久，工程最大，防御体系和结构最为完善的明长城失去了它防御敌人的功用。过去，它对明朝防御掠扰，保护国家安全和人民生产生活的安定，开发边远地区，保护中国与西北域外的交通联系都起过不小的作用。今天，我们应该如何让体现了中国古代建筑工程的高度成就和古代劳动人民的聪明才智的长城焕发出新的生机，让长城脚下的人民安居乐业，过上幸福的生活呢？这是现如今我们义不容辞的历史使命！

辽西柳条边探幽

为了挖掘辽西地区柳条边的历史，连山区文史研究会在原政协副主席张助群、会长高振斌的带领下，利用十余天时间，自发地走访了葫芦岛的一市一县二区，行程千余里，足迹几乎踏遍辽西大地。在当地群众的热心指点下，找到了许多原来没有记载的柳条边遗迹，同时也对辽西地区的人文历史、风土人情有了感性的认识和了解。

考察前，张主席做了大量的案头工作，使得这次考察有章可循，少走了许多弯路。

在卫星上都可见的中国万里长城世人皆知，可是很少有人知道，就在长城的东部，山海关与东北明代长城衔接的地方，300 多年前，曾有一条与长城相媲美的绿色长城横亘在广袤的东北平原上，这就是清代柳条边。柳条边分为东、西、北三段。以开原附近的威远堡为交点从东北向东南、西南方向延伸，呈人字形。向西南方向延伸的一段就是经由辽西大地的一段，也是我们这次考察的重点。

清朝建立后，清政府把东北看成是“龙兴之地”。一方面为了防止“龙脉”受损，另一方面是为了保护东北地区特有的人参、貂皮、鹿茸等特产而修筑的一条封禁界线就是柳条边。柳条边全长 1300 多千米，根据史书的记载，清代柳条边又叫条子边，是用土堆成的宽、高各三尺的土堤，堤上每隔五尺插柳条三株，柳条粗四寸，高六尺，埋入土内二尺，外剩四尺。各柳条之间再用绳连接，称为“插柳结绳”。再在土堤的外侧，挖掘口宽八尺、底宽五尺、深八尺的边壕。

在考察时我们特意找寻柳树的踪迹，可是一棵也没看到。如果那时的柳条能够保存下来，那就不仅仅是三百年历史的见证，想必也应该是枝繁叶茂、老态龙钟的神树了吧！也许因为天灾，也许是人祸，总之柳树已经没有了。但在绥中高台堡乡高台堡遗址上找到了一棵两人抱的槐树，树龄不详。据六十多岁的村妇介绍："自打记事起就有这棵树了。"估计这树差不多也有百年的历史了。现在土堤、土壕上栽种的大都是杨树。在兴城二道边的边头子屯，我们在热心的大娘指点下进入一户农家院，来到院西，映入眼帘的是一片杨树林子，林中杂草丛生，可见"野谷鸟""喇叭花"等野花在树下杂草中盛开着。站在一侧，隐约能看到一米多高的土堆和杨树林一起由东北向西南延伸着。院主人介绍说，这片杨树是他承包栽种的，有五年的树龄了。杂草年复一年春风吹又生，插柳结绳早已不复存在，不变的是那土堆、土壕和早已远去的历史。

寻根溯源，说柳条边得从源头说起。沿着柳条边"人"字的西南撇到达葫芦岛市绥中县永安堡乡。这里是河北长城与辽宁长城的交汇点。以锥子山为中心，长城向东南到达山海关，向西到达嘉峪关为蓟镇长城；向东北到达辽宁的丹东为辽镇长城。长城如三条蜿蜒的巨龙在永安锥子山汇合，谓为"三龙聚首"。到永安堡乡后沿着公路首先到达山脚下的立根台。根据柳条边的走势规则，立根台极有可能就是柳条边西南的起点。过立根台左拐是去金家沟村，不拐是去小河口和西沟村。从金家沟远眺锥子山，想象当年的金戈铁马会让人有豪气冲天之感。

300 年前也许为了给雄伟的长城做陪衬，在长城脚下，从立根台开始一条"绿色长城"沿着山谷曲折伸向东北。柳条边不是防御工事，只是一条封禁界线，因此它没有建在险峻的山脊而是顺着山脚迂回。经过几天的考察，考察团成员慢慢地都摸出了柳条边的走势规律了。按照地图，看着地形，再经当地的向导指点，一个个柳条边遗址显现出来。寻找绥中县一个叫西边的村子时还发生一件奇妙的事。到达西边附近的时候听说西边正在修路不通车了，因为西边就名字而言肯定是当年柳条边必经之地，我们就不放弃地慢慢探索着前行，实在走不通了，就跟着前面的一辆摩托车拐入民房之间的小胡同，左拐右拐的没有路了，只好停下问路。可能是农忙季节，街上没人，正在无计可施之时，一户农家院中走出一位大娘。问："这个村子叫什么名字?"答："西边。"问："当年区分边里边外的土壕在哪里?"答："你们车旁边的就是。"这可真是"踏破铁鞋无觅，得来全不费功夫"。又真是"蓦然回首，那条边却在无奈停车处"。

边内的区域被称作边里，自大东沟到威远堡这道边墙以东和威远堡到山海关这道边墙以西，则分别被称作东边外和西边外。东边是为了限制高句丽人，西边是为了限制蒙古人的进入。南边以山海关长城为界，南边叫关里，北边称关外，是为了限制汉人的进入。对于边里边外的概念，上了点岁数的人都能说个差不多。女人们会联想起当年出嫁的时候老辈人说过是嫁到边里还是嫁到边外去了。男人们会想起老辈人说过当年边里限制的严格，边里不能种植大烟在边外却没人管。考察时我们如果问："划分边里边外的大土堆在哪里?"知道的人多些，如果说名词"柳条边"当地人就不明白了。在一个村庄询问三个四十岁左右的中年妇女时，她们很有经济头脑地说："柳条边我们这没有，家有柳条筐要不要看看。"

根据各处的地理形势和交通状况，在柳条边上设有边门、边台。现在辽西还有许多以"边""台"等取名的村镇，大概就是因柳条边而得名的。仅仅在葫芦岛市就有许多个行政村以此取名的。可见，柳条边对后世的影响力还是相当大的。柳条边当年是一条封禁界线，现在仍然有许多是县区、乡镇、村屯的分界线。绥中县大房身村 87 岁的王大爷家屋后山脚下的柳条边就是建昌县鹿叫村与绥中县大房身村的分界。在兴城市冯屯村，一位 72 岁骑摩托车的老人把我们带到屯里介绍给一位中年男子。这位中年男子引领我们走了有一里地来到了一条田间小路前。小路的两边都种植着玉米。他介绍说这就是当年的"边道"，原来很宽能过得去马车，现在因两边都在扩大种植而变窄，但仍然是冯屯村和对面的小尾沟的村界。顺着边道向前走，还可以看见有五六米深、七八米宽的一条土壕。

柳条边不仅因为修筑时间的早晚分为“老边”和“新边”，而且由于满族的兴起，人数的不断增加，还曾经三次扩边。现在还有二道边、三道边的村落存在。当然扩边不可避免地会引起纷争。有封禁就有反封禁。自康熙年间，已有大量的人口私自进入东北地区。到乾隆初年，柳条边大多已形同虚设。乾隆时曾三令五申封禁令，但出边的人越来越多。到道光二十年（1840 年）后，内忧外患日益严重，清政府不得不对东北开禁，大批山东、河北等地的贫苦百姓通过陆路和海路闯关东，形成了我国历史上最壮阔的移民潮。柳条边也完全废弃了，大多变为耕地。

经历 300 多年的风雨侵蚀，柳条边虽然早已不见了当年的风貌，但一些地方的遗迹还清晰可辨。在考察中我们找到了 1979 年 3 月、1985 年锦州市政府设立的绥中高甸子古城遗址，1986 年 4 月设立的绥中高台堡遗址，为省级文物保护单位。这两处遗址据介绍是高句丽人的城堡遗址，这显然不是柳条边遗址。几天的寻找都没有看到一块为柳条边遗址而设立的标志。在绥中宽帮村为了拍摄柳条边的远景而进入一栋正在修建中的二层民居，说明来意后，一位叫李宝昌的 77 岁的供销社退休职工说他家的后院有一块写有满文的石碑。跟随他来到一片杨树林前，见到 1986 年宽帮满族镇政府设立的“宽帮河西居住址”的石碑，为镇级文物保护单位。还看到一座雕刻着不知是何种动物的石像，但是刻有满文的石碑却不见了，因此也就无法考证它的渊源了。考察时有许多村民都问为什么要寻找这些个大土堆，在他们朴素的思想里知道修桥、修路、修庙是功在当代利在千秋的大好事。我们回答说这也是为了让以后的人们都还能知道三百年前的柳条边的辉煌而作的努力。

有一个很深的感受，就是东北人特实在。我们所到之处，当地人都特别热情，被问到的知情人都是放下手中的活计，步行或者是骑上自家的摩托车指点线路。这和我们出差去外地，有些人南辕北辙的指路形成强烈的反差。有些柳条边的遗址是在人家的院子里的，他们都是开门接待，热情介绍情况。兴城小东沟村一位老大爷家后院就是柳条边的边墙，大爷边介绍情况，边应我们之邀合影留念。我们表示感谢，大爷说了一句："咱们都是一家人，谢什么谢！"在绥中县大房身村87岁的王大爷家，他边帮助儿子干些力所能及的活计，边接待我们。看到天已过午，还为穷家小院没有合适的饭菜招待我们而心怀愧意。我们不禁感慨："多么朴实而可爱的乡亲啊！"

按照地图所示，我们时而公路，时而穿行在乡间的土路上。映入眼帘的是一条条缓缓流淌的小河，河水中洁白的鸭子在嬉戏，河滩上还有水稻，微微开始泛黄的稻穗在夕阳的映衬下显得格外亮丽，让人觉得仿佛来到了江南水乡。土路两边不时有酸枣树出现，馋得人直流口水。玉米、花生、地瓜随处可见。虽然辽西地区遭遇了六十年来罕见的夏旱灾害，但是"龙兴之地"的边里还是有收成的，特别是棚菜经济、果业的发展形势喜人。民居由过去的"北京平"换成了现在的二层小楼，水泥路已经修到了山区深处，在车上伸手都能碰到挂满枝头的水果。当地政府的富民政策从民居的规模到村村通水泥路中都可以略见一斑。

我们从现实中走来，走进辽西柳条边的历史，走过边门，走上边台，跨过土壕，跳过土塄。感受着历史，承载着现在，我们这一群发烧友们用我们的热情奉献着我们的绵薄之力。